Das letzte Spiel, 1925 erstmals erschienen, ist ein aggressiv-ironisches Werk, das als Schlüsselroman des Surrealismus im Paris der 20er Jahre gilt und die Zeitzeugenschaft seines Autors in besonderem Maße hervorhebt.

Julien, Sohn aus der Bourgeoisie und Bohemien, lebt im Paris der 20er Jahre in den Tag hinein. Er ist jung und vermögend, schreibt Gedichte und träumt davon, seinen ersten »großen« Roman zu vollenden. Ablenkung von seiner nervösen Unruhe sucht er bei seiner Freundin Berthe, in den Begegnungen mit Freunden und in den tagtäglich – nach strengen Regeln – absolvierten sportlichen Übungen. Doch nichts von alledem vermag ihn wirklich zu entspannen, und der Roman, sein großes Projekt, gerät immer mehr zu einem Desaster. Julien erkrankt, denkt ans Sterben und zelebriert in der Einbildung seinen Tod. Nach seiner Gesundung haben seine Fieberphantasien reale Auswirkungen: er zieht sich von seinen Freunden zurück, beginnt eine Liebesaffaire mit der verheirateten Maud und durchstreift des Nachts Paris wie in Trance, auf der Suche nach seiner Identität.

Die Existenz seines Helden Julien, die immer mehr ins Wahnhafte und Selbstzerstörerische abgleitet, beschreibt Soupault in einer temporeichen und ironischen Sprache. Seine Prosa übersetzt das Lebensgefühl einer Generation in eine Erzählbewegung, die in Sprüngen, Synkopen und abrupten Taktwechseln vorankommt. Soupault versteht sich mit diesem Roman als »Chronist einer Epoche, in der die Söhne der Bourgeoisie die Unsicherheit, die Unruhe, die Verwirrung der Nachkriegszeit nicht überwinden konnten«.

Philippe Soupault, geboren 1897 in Chaville, gestorben 1990 in Paris. Studium der Rechtswissenschaften in Paris. Über Guillaume Apollinaire lernt er André Breton und Louis Aragon kennen und wird mit den beiden (die sog. »Drei Musketiere«) einer der Hauptinitiatoren der Pariser Dada- und Surrealismusbewegung. Zusammen mit Breton schreibt er 1919 ›Die magnetischen Felder‹, den ersten surrealistischen Text der Literaturgeschichte. Eng befreundet mit Marcel Proust, James Joyce, Robert Delaunay, Max Ernst, Heinrich Mann u. a. Soupault arbeitet als Verleger, Schriftsteller, Reporter und Kritiker. Zu Unrecht lange vergessen, wird er – ein »Monument der Moderne« *(Frankfurter Allgemeine Zeitung)* – seit den siebziger Jahren als einer der wichtigsten Autoren des 20. Jahrhunderts wiederentdeckt. Im *Fischer Taschenbuch Verlag* erschienen bisher: ›Die letzten Nächte von Paris‹ (Bd. 11604), ›Der Neger‹ (Bd. 11605), ›Ein großer Mann‹ (Bd. 11606).

Der Herausgeber Manfred Metzner, geboren 1947, studierte Rechtswissenschaften. Mitbegründer des Verlags Das Wunderhorn. Er lebt als Rechtsanwalt und Verleger in Heidelberg.

Philippe Soupault

Das letzte Spiel

Roman

Aus dem Französischen
von Ré Soupault

Fischer Taschenbuch Verlag

Herausgegeben von Manfred Metzner
Veröffentlicht im Fischer Taschenbuch Verlag GmbH
Frankfurt am Main, August 1994

Lizenzausgabe mit freundlicher Genehmigung
des Verlags Das Wunderhorn, Heidelberg

Gesamtherstellung: Clausen & Bosse, Leck
Printed in Germany
ISBN 3-596-11607-4

Gedruckt auf chlor- und säurefreiem Papier

Vorbemerkung

Beim Wiederlesen dieses »Romans«, viele Jahre nach seiner Entstehung, erscheinen die Phantome meiner Freunde vor mir, die ich zu porträtieren versuchte. Und alle diese Freunde sind tot, aber ich erkenne und nenne sie: Jacques, Pierre, René*; sie alle sind Julien, der »Held« dieses vorahnenden Buches, da alle diese »Julien«, auf die ich zielte, Hand an sich legten.

Sie alle haben, nacheinander, die Abenteuer gelebt, über die ich mich vielleicht zu Unrecht lustig machte, die ich belächelte, ja, über die ich manchmal sogar lachte.

Der einzige Überlebende der Personen, die ich Julien taufte, ist der Autor dieser Zeugenaussage selbst, Chronist einer Epoche, als die Söhne der Bourgeoisie die Unsicherheit, die Unruhe, die Verwirrung der Nachkriegszeit nicht überwinden konnten.

Philippe Soupault
Paris, im November 1979

* Die Surrealisten Jacques Rigaut, Pierre Drieu La Rochelle und René Crevel haben in den Jahren nach Erscheinen von ›En Joue‹ *(Das letzte Spiel)* Selbstmord begangen. (Anmerkung des Verlags)

Trotz allem! Welch ein
Roman mein Leben...

*(Ausruf Napoleons
auf St. Helena)*

1. Kapitel

Julien schläft. Was tut er? Er schnarcht. Was tut er? Er träumt und verscheucht eine Fliege. Julien wird wach. Er gähnt, er streckt sich, er richtet sich auf und stürzt in die Badewanne, liest die Zeitung und raucht. Er hat die Manie, mehrere Dinge zugleich zu tun. »Ich bin lebendig«, sagt er bei jeder Gelegenheit, und um es zu beweisen, zeigt er sich aufgeregt. Er schluckt seinen Milchkaffee, während er Briefe schreibt und auf dem Tisch herumklimpert. Julien ist ein großer Bursche, sehr blond und hellhäutig. Er mißt etwa 1,90 m und wiegt 72 Kilo. Sollten Sie es nicht wissen, sagt er es Ihnen.

Er geht aus, schlägt ein Rad mit seinem Spazierstock und pfeift dabei. Von Zeit zu Zeit zieht er den Hut. Er ist sehr populär in seinem Stadtviertel. Jeden Morgen drückt er dem Bäcker und dem Schreibwarenhändler die Hand. »Schön heute!« ruft er oder »So ein Dreckwetter!« Er fragt nach der ganzen Familie und ob das Geschäft geht. »Na, dann ist ja alles in Ordnung!« und er setzt seinen Weg fort, stolz wie ein Pferd. Sein Stock dreht sich in seiner Hand. Er hat es furchtbar eilig und ist sehr zerstreut. Ihm bleiben »nur fünf Minuten«. Er beschleunigt den Schritt. Er läuft beinahe. Der Stock wirbelt schneller und schneller. Endlich erreicht er das ›Café du Globe‹, wo er einen Picon-Citron und Schreibzeug bestellt.

Julien ist Schriftsteller. Er drückt die Brust heraus, tätschelt sich die Wange und schlägt die Beine übereinander. Der Kellner bringt den Picon-Citron, und Julien beginnt, sein

»großes Gedicht« zu schreiben. Langsam taucht er seine Feder in die Tinte, prüft sie genau, spritzt sie aus, stützt seine Hand auf das Schreibpapier und beginnt zu denken. Er blinzelt, führt die Zunge über die Lippen, atmet tief durch die Nase und taucht seine Feder wieder in die Tinte. Dann beginnt er zu schreiben, sehr schnell. Plötzlich hält er inne, sitzt eine Weile regungslos, lehnt sich zurück, um seine Verse von weitem zu betrachten, zögert, dann drückt er seine linke Hand energisch auf das Schreibpapier, ballt sie zur Faust und gesteht: »Mein Gedicht ist leeres Stroh.« Er hat großen Durst; in einem Zug trinkt er den ganzen Picon-Citron und hustet. Er setzt sich an einen anderen Tisch, bestellt einen Vermouth-Cassis und Schreibzeug. Er beginnt von neuem: Auge, Nase, Zunge, alles geht, alles funktioniert. Die Tinte ist schlecht, und das Papier zerreißt unter der kratzenden Feder. Aber endlich schreibt er, er schreibt.

Julien ist Schriftsteller. Er ist sehr stolz auf seinen Beruf. Er hat es gern, wenn man ihm Fragen stellt, wenn man fragt, warum er schreibt und wie er es anstellt, ein Gedicht zu verfassen. Aber er antwortet nicht direkt. Er versucht es mit einem Bild: »Ich schreibe«, sagt er, »wie ein Baum seine Blätter verliert. Ich gehe, und plötzlich ist etwas in meinem Kopf, das ist zu schwer. Der Vers ist reif, er fällt, er fällt sanft und dreht sich um sich selbst.« Ein andermal erklärt er: »Kennen Sie diese amerikanischen Maschinen, die den Kassierer ersetzen? Man drückt auf einen Knopf, oben erscheint eine Ziffer, und das Geld kommt heraus. Ich bin wie diese Maschine. Ich gebe Geld heraus.« Und er fährt fort: »Schreiben ist schwierig. Sie haben eine Idee, eine gute Idee; sie kreist in Ihrem Kopf wie die Elfenbeinkugel auf dem Roulette. Tagelang kreist sie und kreist... dann verlangsamt sie ihren Lauf und steht schließlich still. Ich habe gewonnen: Ich brauche mich nur an den Tisch zu setzen und zu schreiben.«

Julien hat einen Freund getroffen. Sie drücken einander die Hand, lachen und setzen sich an den Tisch. Julien spricht sehr schnell und bemüht sich, seinen Freund zu überzeugen, daß sein nächster Roman ein Meisterwerk sei. Er ist dabei, ihn zu schreiben. »Hör zu, Alfred, ich weiß, du bist intelligent, du wirst also verstehen können. Hier kurz der Inhalt: Ein junger Mann, sehr groß, sehr blond, lebt in Paris. Er arbeitet viel, aber liest noch mehr. Er ist sehr lebendig und sehr aktiv; seine Verse haben großen Erfolg. Eines Tages wird er krank. Er stirbt. Verzweiflung der Familie und der Freunde. Ich beschreibe diese Verzweiflung. Das Begräbnis, Blumen, Kränze, große Trauer... Sehr schöne Messe mit Musik. Testamentseröffnung. Die Philanthropie des Verstorbenen wird allgemein bewundert. Es werden Abende veranstaltet, die seinen Werken gewidmet sind. Die Einnahmen werden den Wohltätigkeitsvereinen zur Verbreitung des Sports in den armen Volksschichten gestiftet. Du siehst den Grundgedanken, nicht wahr? Ich glaube, es ist sehr lebendig. Sag mir aufrichtig, was du darüber denkst.« Der Freund ist ein wenig erstaunt und gesteht, daß er diese Geschichte sterbensöde finde. Julien ist empört. »Alfred! Ich habe dich für intelligent gehalten. Du hast mich nicht verstanden. Du bist lächerlich, mein armer Freund. Glaube mir, du führst ein zu ausschweifendes Leben. Du hast dunkle Ringe um die Augen, und deine Lippen sind blau. Ein guter Rat: Geh nicht so oft in diese Bars; es handelt sich weniger um die körperliche als vielmehr um die moralische Gesundheit.« Alfred lacht schallend: »Julien, du langweilst mich. Sieh dich doch mal ein wenig im Spiegel an. Du bist versessen auf moralische Gesundheit; das ist ja krankhaft. Du bist nervös.«

Julien treibt Sport. Am Montag spielt er Tennis, am Dienstag Golf, am Mittwoch macht er Dauerlauf, am Donnerstag spielt er Rugby.

Er ist linker Außendreiviertel, aber er langweilt sich. Er findet die Spiele zu lang, und um sich abzulenken, ruft er: »Vorwärts!... Vorsicht!... Los! Schießen!« Er kritisiert, er faucht, gerät außer Atem, aber wenn er den Ball in der Hand hält, will er ihn nicht loslassen. Er rast davon, schlägt Haken, ruft um Hilfe. »So ein Pech! Nur noch eine Sekunde, und ich hätte zwischen die zwei Stangen geschossen!« Er spöttelt und diskutiert. Er findet den Schiedsrichter ungerecht, das Terrain feucht, seine Mitspieler tolpatschig. Manchmal lacht er schallend und macht sich über den Spielführer lustig.

– Warum treiben Sie eigentlich Sport, Julien?

– »Weil ich die Gesundheit liebe, das rote Blut, das Beefsteak vom Grill, Pommes frites und reinen Wein. Ich liebe es, meine Muskeln zu spannen, zu fühlen, daß sie mir gehorchen; das macht meinen Kopf klarer. Ich fühle mich stark und lebendig. Ich atme leicht, habe einen normalen Puls, gute Augen, einen soliden Appetit. Ich gehe und werde nicht müde, ich laufe und komme nicht außer Atem, ich hebe fünfzig Kilo, ohne mit der Wimper zu zucken, ich habe eine gute Gesundheit.« Und Julien beweist es durch Beispiele. Er springt über Stühle, packt sein Gegenüber mitten um den Leib, hebt den Mann hoch und stellt ihn einige Meter weiter wieder auf den Boden. Man muß seine Muskeln befühlen, seinen linken Bizeps, seine Kniekehlen; er zeigt die Zunge und zerreißt lächelnd ein ganzes Kartenspiel.

Seine Leidenschaft sind Radrennen. Alle Meisterschaftsteilnehmer, alle Rennfahrer sind seine Freunde. Er duzt sie, nennt sie beim Vornamen oder bei ihrem Spitznamen. Er kennt ihren Rekord auswendig, schätzt ihre Chancen und nennt den Favoriten des nächsten Rennens. »Ah!« sagt er zu seinem lieben Alfred, »wenn du wüßtest, was diese Männer leisten! Ihr Rücken krümmt sich und sie fliegen davon! Schnell wie Pfeile! Und weißt du, was ihrer wartet? Nach dreihundert Kilometern? Ein weißer Strich oder ein Stück Bindfaden. Die haben Mut!« Aber am meisten schätzt er die Boxer. Das sind Kameraden! Das sind Freunde! Bei jedem Boxkampf trifft man Julien. Die Augen treten ihm aus dem Kopf. Rot wie ein Hahn, außer Atem, und stotternd vor Aufregung, schreit er seine Meinung über den nächsten Kampf heraus. Sobald der Gong ertönt, stürzt er auf seinen Platz, und schon vor Beginn ermutigt er die Boxer durch laute Zurufe. Er teilt Schläge ins Leere aus und gibt seine Kommentare dazu. Er schnauft, pfeift und klatscht in die Hände. Ihm ist furchtbar heiß. Er ruht sich nicht einmal zwischen den Runden aus. Er fragt seine Nachbarn nach ihrer Meinung und diskutiert die Schläge. Dann ruft er plötzlich: »Los, Laffineur!« Alles sieht sich natürlich nach ihm um. Er aber schreit: »Ihr Idioten! Was braucht Ihr mich so anzustarren?« Er schreit immer lauter und bemerkt nicht einmal, daß der Kampf bereits wieder begonnen hat. Er wischt sich den Schweiß von der Stirn. Im Licht der Quecksilberlampen haben alle Zuschauer eine grünliche Hautfarbe. Julien dagegen ist feuerrot. Er ereifert sich: »Weg mit dem Kintopp! Raus damit!« Der Kampf setzt wieder ein, noch heftiger. Unter einem falschen Firmament, dessen Sterne elektrische Lampen sind, im Schein eines viereckigen Mondes, in dicken Tabakrauch gehüllt, hüpfen zwei große, weiße Leiber hin und her; plötzlich ein schwarzer Punkt, eine Faust im Boxhandschuh schnellt hoch und landet mit dumpfem Geräusch. Das Hüpfen geht weiter, monoton. Einer der Boxer, den Rücken gekrümmt, die Zähne zusammengebissen, stürzt vor, der andere taumelt, sinkt um und windet sich auf dem Boden, während die Ziffern in der blendenden Stille davonfliegen: »Eins, zwei, drei, vier, fünf, sechs...« Bei neun sackt der Körper auf dem Boden zusammen, die Arme von sich gestreckt wie ein Gekreuzigter. Besiegt. Ein ungeheures Gebrüll. Es ist Julien, der applaudiert, pfeift und trampelt, alles zugleich. Er hört auf zu pfeifen, um zu brüllen, zu trampeln, hochzuspringen, zu klatschen, den Hut zu schwenken. Die Menge drängt sich um den Boxring wie Ameisen. Juliens Stimme übertönt alles. Er ist noch nicht besiegt. Sein Kampf gegen seine Nachbarn beginnt erst. Er drückt Hände, begrüßt Freunde, verabredet sich mit ihnen für die nächste Gala. Lachend drängt er sich durch die Menge, um dem Sieger, dem alten Kameraden, die Hand zu drücken und den Besiegten zu trösten. Die Menge reißt ihn mit sich fort. Er protestiert. Endlich schweigt er.

Julien ist Sportsmann. Nach solchen Kämpfen, die er als »episch« bezeichnet, zieht er abends durch Paris, von Bar zu Bar. Er erzählt allen Gästen von den Heldentaten des Champions, dem er mit guten Ratschlägen zum Sieg verholfen hätte. Er schmückt seinen Bericht mit überraschenden und herrlichen Einzelheiten. »Glaubt mir, liebe Freunde, der Sport ist alles; die Gesundheit des Körpers ist etwas Wunderbares! Ein schöner Torso, gute Lungen!«

Begegnet er endlich seinen Kameraden, ist er außer sich vor Freude. Er bemerkt Alfred. »Da bist du endlich, du Trottel! Warum warst du heute abend nicht im Vél d'Hiv? Es war homerisch! Du treibst dich lieber auf Straßen und Boulevards herum. Du wirst noch an Schwindsucht sterben.«

Er begleitet seine Ratschläge mit Püffen; dann bemerkt er in einer Ecke Freunde, die er beim Boxkampf gesehen hat. »Henri! Hast du's gesehen? Was habe ich dir gesagt? War das mal ein Haken, erst rechts, dann links! Eins, zwei!« Er wird düster. »Meine lieben, guten Freunde, begnügt euch nicht mit der physischen Gesundheit. Sie taugt nichts ohne die moralische Gesundheit!« Das große Wort ist gesprochen. Die moralische Gesundheit. Mit reichlichen Gebärden erklärt er, was er meint. Er führt Beispiele an. Man könnte ihn für einen Soldaten der Heilsarmee halten. »Vor allem gilt es, lustig zu sein.« Und Julien redet und redet...

Julien hatte »Krisen«, wie er es nannte. Und während dieser Krisen, die immer auf Perioden völligen Schweigens folgten, mußte er – ohne zu wissen warum – aussprechen, was er dachte. Er glaubte zu improvisieren, aber die Worte, die er in solcher Fülle und beinahe mit Wollust von sich gab, drückten Gedanken aus, die allmählich und insgeheim gereift waren, während er den anderen und sich selbst gegenüber stumm geblieben war. Alles, was um sein Herz herum angeschwemmt war, mußte er loswerden. Er fragte und stellte Behauptungen auf. Aber sobald er sprach, versiegte die Quelle seiner sprudelnden Gedanken. Und bald verfiel er von neuem seiner Abgeschiedenheit. Übrig blieb ein Phantom von solchem Ungestüm, daß es zur lebenden Legende wurde.

Wenn ihn dann eines schlechten Tages die Lust zu sprechen überwältigte, floh er gern seine Freunde und suchte die Gesellschaft Unbekannter oder berufsmäßiger Beichtväter. Verstohlen beobachtete er von Zeit zu Zeit das Gesicht seines Gegenübers, aber meistens hörte er nur sich selbst und staunte über seinen eigenen Redefluß und über seine Schamlosigkeit.

Kurz danach nannte er sich selbst einen Trottel und alles, was er gesagt hatte, hielt er für albernes Geschwätz. Dann fing er von vorn an, da er schon alles vergessen hatte.

Sehr spät in der Nacht geht er endlich nach Hause. Bevor er läutet, spricht er kurz mit dem Wachmann. Kaum in der Wohnung, kleidet er sich eilends aus, macht einige Übungen schwedischer Gymnastik, zieht die Uhren auf, verschlingt die kalte Mahlzeit, die er sich jeden Abend bereitstellen läßt, und macht sich an seinen »großen Roman«. Er schreibt. Fliegen summen, Uhren ticken, Gemüsekarren machen einen Lärm, als ob sie Nüsse knackten. Er schreibt auf große, weiße Blätter. Er reckt sich, steht auf, um das Fenster zu öffnen, schließt es wieder. Er schreibt mit einer Füllfeder, die riesige Tintenkleckse von sich gibt.

Alles ist bereit. Julien beginnt: »Ich heiße Victor. Ich bin achtundzwanzig Jahre alt. Man sagt, ich sei Musiker, aber ich bin vor allem Dichter. Nachts träume ich. Ich habe einen riesigen dänischen Hund; ich liebe ihn, als wäre er mein Bruder.«

Der Romancier hält inne. Er kratzt sich den Kopf, liest das

Geschriebene. Er runzelt die Stirn. »Nein, nein.« Und er zerreißt das Blatt.

Um auf andere Gedanken zu kommen, stürzt er in sein Badezimmer, duscht lange, hantelt, bürstet sich die Haare, und in einen hellblauen Bademantel gehüllt, begibt er sich wieder an die Arbeit.

»Die Jugend. Ich denke manchmal an das rote Blut, das in meinen Adern fließt, an meine hellblonden Haare. Wenn ich laufe, bin ich in meine Muskeln verliebt. Ich bin in Burgund geboren, unweit von Mâcon. Die Hügel meiner Heimat sind sanft wie kleine Esel.« Er hält inne; ein zweites Blatt wird geopfert. Julien ist verzweifelt und nervös. Er gibt seinem armen Punchingball furchtbare Schläge. Er gähnt, als müsse die Kinnlade aushaken. Er begreift, daß es unmöglich ist, noch länger gegen den Schlaf zu kämpfen. Er hängt einen Zettel an die Tür, um der Aufwartefrau mitzuteilen, daß er um sieben Uhr morgens geweckt werden müsse. Sein Kopf sinkt auf das Kopfkissen, und beim Einschlafen murmelt er: »Die moralische Gesundheit...«

Die Wohnung sieht Julien seltsam ähnlich. Eine Vierzimmerwohnung, Parterre, Rue du Colonel-Moll, in einem Neubau aus Pappmaché. Ein kleines Vorzimmer, schwarz wie ein Backofen, Kleiderhaken an den Wänden; auf einem kleinen Tisch steht ein riesiges Telefon, das blitzt wie ein Zehnsousstück. Neben der Eingangstür ein Schirmständer, aus dem Spazierstöcke aller Zeiten und aller Länder emporragen, was diesem Möbel das Aussehen einer blattlosen Palme verleiht. Durch eine kleine Glastür kommt man in den Salon. Julien nennt dieses Zimmer sein Studio. Er hat es mit einem großen Tisch, einem breiten Diwan und einem riesigen Sessel möbliert, mit Pfeifen, Fotografien berühmter Sportsleute und mit extravaganten Aschenbechern. Überall liegen Bücher aufgestapelt: auf dem Kamin, in den offenen Schubladen, auf der Heizung, auf dem Boden, überall. Es ist schwierig, zwei Schritte zu machen, ohne auf ein Buch zu treten, aber noch schwieriger ist es, sich zu setzen. Das Eßzimmer ist nichts Besonderes, ganz klein, mit einem großen Kamin. Hier gibt es beinahe ebenso viele Teller wie Bücher in dem Salon. Julien findet, daß zu einem Eßzimmer Teller gehören; darum hat er die Wände damit dekoriert. Das Schlafzimmer ist noch kleiner. Ein Bett, ein Fenster, Bücher und ein ungeheurer Schrank. Die Küche dient als Hundehütte. Der schönste Raum der Wohnung (man muß den Hut ziehen, bevor man dort eintritt, betont Julien) ist das Badezimmer oder genauer gesagt der »cab' de toil'«. Julien ist sehr stolz darauf. Wenn er seine »Kabuse« zeigt, ruft er marktschreierisch: »Hier die Badewanne, hier die Dusche, System Poulain, hier der Spiegel, Marke Brot, hier der Sandow!« Alles ist weiß. Fünf Lampen vor fünf Spiegeln und keine Bücher, ein großes Waschbecken, beladen mit Alkoholfläschchen, Einreibemitteln, Massagesalben, Roßhaarhandschuhen... Julien hat ein Reck und einen Punchingball einbauen lassen.

In einer Ecke steht ein Grammophon. An der Wand stark retuschierte Fotografien, auf denen die achtundsiebzig Übungen abgebildet sind, die man vor dem Schlafengehen und nach dem Aufstehen machen muß.

Es ist zehn Uhr. Die Aufwartefrau kennt Juliens Vokabularium: sie klopft einmal, zweimal an die Tür und ruft: »Monsieur! Sieben Uhr!« Sie kommt herein, öffnet die klappernden Fensterläden. Die Sonne dringt plötzlich in das Zimmer und trifft Julien mitten ins Gesicht. Völlig verschlafen richtet er sich auf, aber schon ruft er nach den Zeitungen. ›L'Auto‹ und ›Comoedia‹ werden ihm gereicht. Beginnt Julien den Tag mit der Lektüre von ›L'Auto‹, wird der Tag dem Sport gewidmet sein; liest er zuerst ›Comoedia‹, wird er den ganzen Tag dichten. Schon ist er an das Tageslicht gewöhnt, läßt sich von der Prosa der Sport- und Literaturkritiker wiegen und nickt langsam ein. Eine Stunde später klopft die Aufwartefrau an die Tür und ruft: »Monsieur, Monsieur, es ist elf Uhr!« Empört springt Julien auf, ballt die Fäuste, und während er gähnt, macht er sich wütend Vorwürfe: »Die moralische Gesundheit!« Er wirft ›L'Auto‹, ›Comoedia‹, Bücher, Schlafanzug weit von sich und duscht gewissenhaft. Naß und eiskalt taucht er in ein Bad, aus dem er sich, fiebrig und mit Seife bedeckt, gleich wieder erhebt: »Elf Uhr, elf Uhr!« wiederholt Julien. Er beschließt, nur achtzehn Übungen zu machen, weil es zu spät ist, und nimmt sich vor, die übrigen sechzig am Abend nachzuholen. Um nicht aus der Übung zu kommen, macht Julien mehrere Dinge zugleich: er knabbert geröstetes Brot, zündet eine Zigarette an und streicht sich die Haare glatt. Er trinkt Tee, nimmt Wäsche heraus und kratzt sich den Kopf. Schon redet er: »Welchen Anzug ziehe ich heute an? Ich muß heute morgen unbedingt mein Gedicht zu Ende schreiben. Den grünen Anzug – richtig! Eine Krawatte? Die schwarze mit den weißen Punkten. Sehr gut...« Julien zieht sich mit großer Geschwindigkeit an, während er Baudelaire deklamiert.

> Nicht daran liegt mir, daß du sittsam seist
> Sei schön! sei traurig! denn die Tränen
> Dem Antlitz erst verleihen Charme und Geist...

Aber er unterbricht sich, um die Aufwartefrau zu rufen: »Adele, Adeeeele...«

Es klopft an die Tür. »Wie geht's, Adele? Und der Hund? Mein schöner Texaco?... Machen Sie ihm sein Futter zurecht, ein wenig gehackte Hammelkeule, ein Häppchen Schinken und sehr viel Kartoffelpüree. Wenn er folgsam gewesen ist, geben Sie ihm Butter dazu.«

Und er kleidet sich weiter an. Von Zeit zu Zeit ruft er Adele. Dann singt er. Er wird traurig, weil sein Roman nicht gelingt. Er denkt an seinen Freund Alfred, der von Sport nichts hält. »Du bist verrückt, Alfred. Dein Körper ist schlapp wie gesalzene Butter. Deine Muskeln gleichen ausgeleierten Gummibändern. Höre, was ich dir sage! Du brauchst nur ein wenig Mut. So kann es nicht weitergehen.« Dann singt er:

Wo immer ich bin
Da soll ich nicht hin
Das bringt mir im Leben keinen Gewinn
Wo immer ich bin...

Auf der Straße liegt steil die Sonne. Ein Scherenschleifer schwingt ein Glöckchen, eine Trambahn bimmelt in einer Nachbarallee wie ein aufgezogenes Kaninchen, und Julien ruft: »Ich habe mich furchtbar verspätet!« Es ist Mittag. Große Unruhe auf den Straßen, in den Häusern. Das Hin und Her im Treppenhaus macht Julien nervös; er zerreißt einen Schnürsenkel. Vor Wut stürzt er sich auf seinen Punchingball. Endlich ist er fertig. Mit dem Spazierstock in der Hand geht er aus. In großer Eile begrüßt er seine Freunde und beschleunigt den Schritt. Er denkt an sein Gedicht, an das Tennis-Meisterschaftsspiel, an seine Freunde, an seinen Hund, an seine Gesundheit.

Endlich beginnt er zu schreiben.

Heute morgen kenne ich nicht
Die Farbe des Himmels
Bin ich traurig?
Ich will es nicht glauben
Meine Freunde sind mir nahe
Alfred, dessen Augen...

Er starrt vor sich hin und sucht ein Bild. Von seiner Feder, die er mechanisch in die Tinte getaucht hat, löst sich ein großer Tintenklecks. Eine schöne Gelegenheit, um das Blatt zu zerreißen. »Wie nervös ich bin!« bemerkt er ganz laut. Der Kellner, der neben ihm stand, antwortet: »Das stimmt. Monsieur ist leichenblaß.« Julien betastet seine Wangen. Er hat Angst. Er bestellt einen Grog und beginnt von neuem zu schreiben.

Wo gehen die großen Winde zur Ruh'?
Ich lasse alle Verbrechen ungestraft
Mein Herz schlägt
Ich strecke meine Hände aus
Und lache im Schweigen und in der Nacht
Die niedersinkt

Julien verzweifelt. Er liest lieber die Zeitung. Aber er findet darin nichts von Interesse. Er träumt. Während er aufgeregt mit dem Fuß klopft, blickt er starr vor sich hin und läßt seine Gedanken schweifen. Ein Friseurladen erinnert ihn an ein Bild von Puvis de Chavanne, das wiederum ein Tennismatch in Samois heraufbeschwört. Und wie Blitze reihen sich Erinnerungen aneinander, verschmelzen miteinander. Der Bach, Melissengeist, das Kasino in Deauville, der Angriff der Stürmer beim Fußballspiel vom »Stade Français«, die Farbe seines neuen Anzugs... Die Zeit vergeht und Julien träumt. Sein Gedicht macht zwar keine Fortschritte, aber er denkt nicht mehr daran. Plötzlich springt er auf. Er sieht nach der Uhr. Das Pfeifen eines Zuges erinnert ihn an eine Verabredung mit seiner kleinen Freundin.

Er ruft ein Taxi. Er weiß, daß er zu spät kommt, er ist fest davon überzeugt. Er läßt sich zur ›Madeleine‹ fahren. Er träumt weiter. Plötzlich klopft er nervös an die Scheibe: der Chauffeur kennt den Weg nicht. Er beugt sich vor: »Fahren Sie durch den Faubourg Saint-Honoré.« Dann sinkt er zurück, legt seine Beine auf den Notsitz, und entspannt überläßt er sich dem Fahrer und seinem Traum. Er spricht laut... »Berthe, mein Schatz! Ich komme zu spät, sei mir nicht böse. Ich liebe dich sehr. Ich habe so viel an dich gedacht, aber ich mußte mein Gedicht zu Ende schreiben.«

Er wird weich. »Die arme Kleine, so sanft, so lieb. Man

muß Rücksicht auf sie nehmen. Sie ist so anfällig. Wie sie lebt!... (Julien hebt die Hand). Sie geht spät schlafen (Julien klopft sich auf den Schenkel). Ihre Kleider bereiten ihr große Sorgen (Julien schüttelt den Kopf). Sie ist geschwätzig (Julien macht Fäuste).« Dann wird er plötzlich zornig: »Berthe, du bist unvernünftig. Ich gebe dir einen guten Rat: ruh' dich aus.«

Julien weiß nicht mehr, was tun. Der Chauffeur kennt Paris nicht. Er hat sich geirrt und bringt Julien zur Oper. Wie ein Vogel, der aus einem Käfig kommt, so verwundert ist Julien, die Oper und den ›Crédit Foncier‹ zu sehen.

Er vergißt seine Verabredung. »Berthe, ich gebe dir einen guten Rat (Julien gibt immer gute Ratschläge): Du mußt mehr schlafen. Geh' früh zu Bett.« Das Taxi hält. Julien setzt seinen Dialog fort. Er stellt Fragen. Er antwortet.

Und währenddessen wartet Berthe ungeduldig. Juliens kleine Freundin ist sehr sentimental. Als ihr Julien vorgestellt wurde und sie hörte, er sei ein Dichter, war es »Liebe auf den ersten Blick«. Alle Tingel-Tangel-Romanzen, die sie sang, als sie noch Arbeiterin war, kamen ihr wieder in den Kopf. »Kehr zurück, Liebster, kehr zurück...« Oder auch: »Wenn die Kirschen wieder blühen...« Als Julien ihr seine Verse vortrug, war sie ein wenig enttäuscht. Sie ist ein Dummerchen, aber so hübsch. Sie sieht aus wie ein unglücklicher Vogel. Ihre Augen zu groß, ihr Mund zu klein, ihre Hände zu rundlich, ihre Fesseln zu zart. Sie errötet, wenn man ein Schimpfwort sagt, weil ihre Mutter sie jedesmal schlug. Sie hat eine Vorliebe für Alkohol, weil ihr Vater ihm leidenschaftlich ergeben war. »Sie ist ein gutes Kind«, sagt die dicke Julie, die sie beschützt. Die dicke Julie ist Inhaberin der Bar Batist. Berthe liebt Julien. Ist es umgekehrt auch so? Julien behauptet es, aber er ist so beschäftigt, daß seine Zuneigung sich kaum manifestieren kann. Berthe bewundert diesen großen Jüngling sehr, der immerfort spricht und so sportbesessen ist. Manchmal nimmt Julien sie zu einem Rugbyspiel mit. Sie versteht nichts davon, aber sie sieht Juliens ungestümes Betragen und hält ihn für sehr beschlagen. Julien versucht angestrengt, ihr das Spiel zu erklären, aber sie begreift nicht. Sie sitzt da mit weit offenen Augen und beobachtet Julien, der fauchend wie ein Express hin und her läuft.

Heute ist sie traurig, weil Julien ihr versprochen hatte, nicht zu spät zu kommen und, natürlich, wie gewöhnlich, wartet sie schon eine dreiviertel Stunde auf ihn. Da öffnet sich die Tür mit Gepolter. Berthe steht auf: sie hat den Griff erkannt. »Beeile dich, Berthe, wir essen in den Hallen zu Mittag.« Er drückt dem Barmann und der Inhaberin die Hand, erledigt eine Wette. Berthe wartet schon an der Tür. »Beeile dich!« ruft Julien, nimmt sie beim Arm, und schon schlägt er die Taxitür hinter sich zu. Julien erkundigt sich nach Berthes Ergehen und berichtet ausführlich über seine eigene Gesundheit. Der Wagen steht immer noch unbeweglich. Julien wird ungeduldig. »Los, fahren Sie!« ruft er dem Chauffeur zu. Und Julien gibt ausführliche Erklärungen, um seine Verspätung zu entschuldigen. »Mein Gedicht, Berthe, verstehst du? Ich mußte mein Gedicht zu Ende schreiben!« Berthe hört zu, tupft sich Puder aufs Gesicht. Sie sieht Julien an. Julien sieht sie an. Dann sagt er: »Hübsch bist du heute«, denn er hat sich etwas vorzuwerfen. Berthe antwortet: »Du bist nervös.« »Was? Du bist närrisch, mein Kind. Ich habe mich noch nie so wohl gefühlt. Nachher spiele ich Tennis, da wirst du schon sehen!« Aber er ist trotzdem unruhig und denkt laut: »Bin ich wirklich nervös? Ich glaube, mein Roman ist schuld daran. Ich komme damit nicht voran. Kennst du eigentlich den Inhalt meines Romans, Berthe?« Berthe poliert sich die Nägel. »Es ist so. Ein junger Mann stirbt. Alle sind sehr traurig: die Verwandten, die Freunde. Ich beschreibe das Begräbnis, die Blumen, die Kränze. Man weint um den Verstorbenen.« Und Julien erzählt weiter. Berthe findet das sehr schön, wie alles, was Julien tut. Er ist im siebenten Himmel. Plötzlich hält das Taxi. Julien erkennt die Hallen nicht, steigt aus und sieht, daß sie an der Porte Maillot sind. Er ist außer sich. Der Chauffeur erklärt: »Sie haben mir gesagt: ›Los, fahren Sie!‹ Also...« – »Falsch gefahren«, ergänzt Julien. »Wir essen hier zu Mittag, Berthe.«

Berthe folgt ihm. Wie jeden Tag hat er es eilig wie eine Libelle, wie jeden Tag redet er wie eine Grille, wie jeden Tag erklärt er seinen Roman nach Art der Eichhörnchen. Der Tag geht vorüber, das Fieber steigt. Julien ist müde, aber er will sich nicht ausruhen wie ein Wildschwein. Um fünf Uhr beschließt er, nach Hause zu gehen. Berthe will ihn nicht verlassen. Sie weint. Julien verliert die Geduld. »Mein Roman!« Er läuft davon und verspricht, um elf Uhr bei Berthe zu sein.

Als Julien nach Hause kommt, will er keine Minute mehr verlieren. Er setzt sich hin und schreibt. Um sechs Uhr läutet es. Alfred. Julien leiht ihm hundert Franken, aber unter zwei Bedingungen: Alfred muß auf der Stelle fortgehen, und Alfred muß Tennis spielen. Er verspricht es.

Julien schreibt: »Victors Tod war für jedermann eine Überraschung. Man beklagte ihn. ›So jung‹, sagten die Leute. Und man gedachte des Dichters, des Schriftstellers. ›Er war so voller Leben...‹«

2. Kapitel

Meine liebe Mutter,
Ich bin sehr nervös und sehr müde. Ich schreibe meinen Roman nur mit großen Schwierigkeiten: ich sehe ihn blau, und er ist ganz schwarz. – So kann es nicht weitergehen. Aus all diesen Gründen bin ich gezwungen, Paris zu verlassen. Ich werde mich ausruhen. Ah, Paris! Eine wunderbare Stadt! Besonders abends. Die Straßenlaternen, die Place des Vosges, der Bois de Boulogne... Aber trotz allem muß *ich fort. Ich reise ans Meer oder genauer gesagt an den Strand des Meeres. – Schreibe mir und verzeih, daß ich vor meiner Abreise nicht bei Dir war. Bitte grüße Onkel Paul, Gilbert, Marcel und Juliette von mir. Alle Kleinen umarme ich aufs zärtlichste.*

Julien.

Hôtel du Télégraphe et de la Mairie,
Varengeville (Seine-Inférieure).

Julien liest seinen Rohrpostbrief noch einmal, ruft Adele und streckt sich auf seinem Bett aus. Er denkt nach. Seine ganze Umgebung erscheint ihm mies. Die Nachbarhäuser kennt er in- und auswendig: das Dienstmädchen aus der sechsten Etage schüttelt ihre Teppiche, die Schnepfe, die in der dritten wohnt, parfümiert ihre Haare, und der Papagei der Hure in der vierten wetzt seinen Schnabel. Der Scherenschleifer geht schnell vorüber; eine elektrische Straßenbahn; der Briefträger macht vor Juliens Fenster halt, um die Briefe zu sortieren.

Der Angestellte der Gaswerke drückt dem Schlachter die Hand, der mit der Milchhändlerin, der Braut des Krämerlehrlings, flirtet. Es regnet. Die Regentropfen klatschen wie Frösche auf das Trottoir. Jemand wischt sich die Füße ab und ruft der Portiersfrau seinen Namen zu, um die Anweisungen des Hausbesitzers genau zu befolgen. Jede volle Stunde schlägt den Takt des Treibens.

Julien gähnt. Er denkt an sein Gepäck. Er fürchtet, etwas zu vergessen, und findig, wie er ist, läßt er seinen Körper Revue passieren. Die Füße: Schuhe, Socken, Sockenhalter. Er geht höher und höher: Unterhosen, Hemd, Hosenträger... Plötzlich unterbricht ihn ein Satz. Es ist ein Vers:

Reisende des Regens...

Daß er ihn nur nicht vergißt! Er schreibt ein kleines Gedicht. Da fällt ihm sein Gepäck wieder ein. Er ist müde. Los, ein bißchen Courage! Er schreibt an seinem Roman. Er wartet auf Adele, zündet eine Zigarette an, legt sich aufs Bett, greift ein Buch auf gut Glück heraus: er kennt es schon. Dann steht er auf, bürstet sich die Haare und setzt sich wieder an den Tisch. Er denkt ans Land, aber plötzlich erschrickt er: die Insekten! Eine Spinne pocht in der Wand, eine Fliege spielt Geige und spielt falsch, ein Tausendfüßler fällt ins Waschbecken, ein Ohrwurm... Er lächelt. Er denkt an die Botanik. Die Zinnia ist ein Kuchen, die Klatschrose eine Dekoration, die Nelke ein Auge. Er denkt sogar an einen Blumenkohl, als Adele hereinkommt. Er packt seine Koffer. Er legt seine Schnürschuhe zurecht, er wickelt seine Träume ein, er verstaut seine Pläne. Er nimmt so viele Bücher mit, daß für die Anzüge kein Platz mehr ist. »Vergessen Sie nicht meine kleine blaue Tasche«, ruft er Adele zu.

Endlich ist er fertig. Er ruft Berthe an. Sie wartet seit einer Stunde, und der Zug ist verpaßt... Julien ist über dieses Mißgeschick betrübt. Er schläft ein. Berthe kommt im Reisekostüm: ein Jackenkleid aus blauem Serge, Jagdschuhe aus Lackleder, Hut mit Blumen. Sie weckt Julien, indem sie ihn umarmt und verkündet stolz, daß sie die Sandwiches nicht vergessen habe. Alles ist zur Abreise bereit. Er numeriert die Gepäckstücke: 8, 9, 10...

Julien richtet sich in einem Abteil ein und weist Berthe einen Eckplatz an. Die Koffer werden im Gepäcknetz verstaut, der Hund kommt unter die Sitzbank. Julien zieht eine dreifarbige Mütze, eine Bruyèrepfeife und einen Gummitabakbeutel aus der Tasche. Die Landschaft gleitet vorüber. Bei jeder Telegrafenstange tut Julien einen Zug aus der Pfeife. Gerade will er einschlafen, als der Hund beim Anblick eines Bahnwärters bellt und ihn weckt. Geschelte. Er nimmt einen Zug aus der Pfeife. Der Zug hält. Buffet. Julien springt auf den Bahnsteig, führt den Hund spazieren, kauft Schokolade für Berthe, trinkt ein Bier, fragt den Bahnbeamten, wie spät es sei. Pfiff. Abfahrt. Die Lokomotive faucht wie ein Tier. Mehrere Züge aus der Pfeife. Berthe hustet. Es zieht. Wieder springt die Landschaft an den Fenstern vorüber. Schlaf. Berthe singt. Julien schließt die Fenster. Der Zug hält von neuem. Buffet. Spaziergang. Einkäufe. Die Lokomotive wiehert. Die Landschaft wird flach. Fünf Minuten Schlaf. Julien erzählt Berthe eine Geschichte: »Es war einmal...« Bahnübergang. Der Hund bellt. Er wird gescholten. »Es ist eine furchtbare Hitze«, sagt Julien und nimmt seine Mütze ab. »Ja«, erwidert Berthe. »Ich habe Hunger.« – »Ja«, antwortet Julien. Die Telegrafenstangen tanzen. Chor der Freunde: »Frère Jacques«, singen Berthe, die Lokomotive, die Räder und Julien.

Der Zug verlangsamt das Tempo. Ankunft. Der Hund, der Korb, Berthe, die Fahrkarten. Der Stationsvorsteher. Der Kutscher ist da. Sein Lächeln lauert auf die Reisenden. Geholper über Steine. Julien bestaunt, und Berthe schläft im Wagen ein. Es wird Abend, als die beiden jungen Leute in Varengeville eintreffen. Alles ist finster, nur das »Hôtel du Télégraphe et de la Mairie« ist erleuchtet. Einheimische sitzen um eine Lampe, diskutieren ernsthaft eine Gemeindewahl und trinken Apfelwein. Die Wirtin schiebt ihren vorstehenden Bauch den Gästen zum Empfang entgegen. Der Bauch weist den Weg. Das kleine Zimmer ist einfach, aber geschmackvoll eingerichtet. Ein riesiges Nußbaumbett, ein winziger Tisch aus rohem Holz, ein Sessel mit rotem Velours, Blumentapete mit großen beigefarbenen Flecken. »Zeichen von Feuchtigkeit«, bemerkt Julien, während Berthe gerührt ist, als sie ein Kruzifix bemerkt. Auf dem Kamin thront unter einer Glasglocke eine Standuhr wie Zuckergebäck aus bronzefarbenem Zink. »Staubfänger«, höhnt Julien. Berthe bewundert einen verblichenen Kupferstich, der den »Abschied des Rekruten« darstellt. Der Rekrut sagt seiner Familie Adieu, vor den Augen des Staatspräsidenten Loubet, der von der Wand gegenüber herablächelt (vom ›Petit Journal‹ fotografiert).

Julien läßt sich häuslich nieder. Da kein Schrank vorhanden ist, bleibt alles in den Koffern. Auf dem Tischchen werden jedoch große Blätter Papier ausgebreitet. Das ist der Roman.

Die Zimmererforschung wird fortgesetzt. In einem kleinen Wandschrank entdeckt Berthe einen grau verstaubten Hochzeitskranz und eine schartige Salatschüssel. »Das ist das Waschbecken«, behauptet Julien, der entschlossen ist, wie ein Landbewohner zu leben. Er beginnt damit, das Fenster weit zu öffnen. Berthe, an Juliens Arm, blickt in die Nacht hinaus, die leicht ist vom Schweigen. Idylle. Der Natur gegenüber fühlt er sich zärtlich und sie sentimental. Wenn man die Augen schließt, hört man das Meer und den sanften Wind, der auf die Bäume klettert. Früchte fallen herab: es sind die Fensterläden, die klappern.

Aber die Landbewohner werden schläfrig, und Laken, trocken wie Schokoladenreiben, nehmen sie auf. Berthe hat sich mit »Flieder« von Coty besprengt, was Julien als lästig empfindet. Er steht plötzlich auf: er hat seine achtundsiebzig Übungen vergessen. Im Dunkeln hört Berthe ihn zählen und pusten. Endlich legt er sich wieder ins Bett. Er schläft. Berthe grübelt. Sie denkt an die Liebe, an Feldblumen und an schäumende Milch. Sie schläft ein. Die Nacht wird tiefer.

Die Tage vergingen, einfach und nüchtern. Julien stand sehr früh auf, von dem Iah eines Esels geweckt, der nach Brüdern rief. Er lief ans Meer und schwamm mit rasendem Eifer, ganz allein, das heißt ohne Zeitmesser, was ihn hinderte, Rekorde zu schlagen. Dann legte er sich in den Sand, um sich von der Sonne braten zu lassen, aber er benutzte diese erzwungene Ruhe, um an seinen Roman zu denken. Er führte sein Training am Strand fort; die 200 Meter folgten auf 1500. Julien zertrampelte den Sand. Er sprang wieder und wieder. Bauern kamen, um ihm zuzusehen. Fischer betrachteten ihn achselzuckend. Aber Julien nahm sein Training ernst, und nichts konnte ihn stören. Dann kehrte er ins Hotel zurück, richtete sich an einem Gartentisch ein und schrieb, umgeben von herumpickenden Hühnern, von wühlenden Ferkelchen und Regenwürmern. Die Vögel schwiegen, die Frauen schrien, während sie aus Leibeskräften auf die Wäsche einschlugen, und Julien pfiff beim Suchen seiner Worte. Er ahmte seine Gefährtinnen, die Hühner, nach. Er pickte ein Wort, einen Satz auf und gluckste vor Vergnügen. Das ging.

»Er starb. Es war eine langsame Agonie. Er sah rot. Die Menschen, die ihn gekannt hatten, kamen zu einem letzten Adieu. Sie sahen das blaue Gesicht, den starren Ausdruck. Ein Taschentuch, um seinen Kopf gebunden, stützte ihm das Kinn. Seine geschlossenen Augen sahen aus, als hätten sie sich in die Länge gezogen. Das Licht der Kerzen, der Duft der Blumen, die Stille dieses kleinen, düsteren Raumes umgaben Victors Körper. Es war kalt. Die Freunde wagten nicht zu sprechen, und da sie untätig waren, wußten sie nicht, was sie mit ihren Händen anfangen sollten. Die einen befühlten gedankenlos ihre Uhrketten, die andern drehten ihre Hüte, während sie den Blick der kleinen Kerzenflamme, der kleinen Blume zuwandten. Der Blick verlor sich im Flackern des Kerzenscheins ...«

Julien schrieb mit voller Kraft. Er geriet dabei außer Atem. Die Sonne brannte auf die Blätter, auf den Kies der kleinen Gartenanlage und auf das Papier des Romans. Irritiert vertrieb Julien die Sonne mit der Hand. Eine Fliege, zwei Fliegen, eine ganze Familie verliebter Fliegen machte sich platt wie Wassertropfen. Julien wurde nervös und setzte seine Sonnenbrille auf.

Vom Fenster aus gab Berthe, in tangofarbener Hemdhose, Julien, den Vögeln und den Sonnenstrahlen Zeichen. Nur Julien antwortete nicht auf diesen Appell. Die Vögel flogen herbei, um Brot zu picken, die Sonnenstrahlen, um ein wenig am Schatten zu nagen. Berthe war glücklich. Sie sah das Meer zum ersten Mal. Zuerst war sie erstaunt und zugleich erschrocken von dem Lärm und dem Taumel, der sie anzog. Sie dachte an Schiffbrüche. Den Sand fand sie »rührend«. Nach und nach gefiel ihr alles. Sie schrieb an ihre Schwester:

Liebe Louisette,
Vor mir liegt das weite Blau (sie log, sie war in ihrem Zimmer). *Das steigt, das fällt, in regelmäßigem Abstand, wie eine Uhr, und dann geht es hoch, richtet sich steil auf, und weg ist es. Du bist ganz ahnungslos und bums! da bist du überschwemmt. Dieses Wasser ist wahrscheinlich wegen dem Salz so aufbrausend. Da ist nämlich viel Salz drin, und wenn du ganz gemächlich nach Hause gehst und, ohne darauf zu achten, die Zunge über die Lippen führst, dann ist es ganz salzig. Ich bade* (das ist nicht wahr, Berthe ist viel zu ängstlich!) *und bleibe den ganzen Tag im Wasser. Die Leute sehen mich an, und Julien sagt, der Badeanzug kleide mich sehr. Ihm geht es gut. Er schreibt seinen Roman. Es gongt* (noch eine Lüge: die Wirtin begnügt sich damit, laut zu rufen: »Zu Tisch!«). *Ich verlasse Dich. Das Wetter ist schön. Ich liebe Dich.*
Laß Dich küssen von Deiner Schwester *Berthe.*

Zwei Tage nach der Ankunft langweilte sich Berthe. Sie stand spät auf, rauchte im Bett, worüber die Wirtin sich trotz allem wunderte, und polierte sich eine ganze Stunde lang gewissenhaft die Fingernägel. Julien schrieb und schrieb, aber er wurde schnell müde. Er trieb sich in der Hauptstraße des Ortes herum und organisierte Wettläufe zwischen den Dorfkindern. Er nahm sie alle mit an den Strand, befahl ihnen, sich auszuziehen, und gab ihnen Geld: 20 Sous dem ersten, 19 Sons dem zweiten und so weiter. Die kleinen Mädchen waren sportlicher als die Burschen, und Julien beschämte die kleinen Schelme, die zwar mit den Achseln zuckten, sich aber doch sehr gut amüsierten. Sie amüsierten sich sogar so gut, daß eines Tages, als ein Taufzug aus der Kirche kam, keiner rief: »Es lebe die Patin!« und allein die Hühner die Zuckermandeln schluckten, woran sie beinahe erstickt wären. Der Pfarrer war beunruhigt. Am folgenden Sonntag sprach er von der Kanzel über die Sache und verurteilte die übertriebene Ausübung des Sports. Aber das gewünschte Resultat war erreicht: Julien fühlte sich weniger und weniger nervös. Er interessierte sich für Gartenarbeit. Dem Gärtner einer Villa gab er sogar einige Ratschläge. Er wollte ihm zeigen, wie man den Wasserstrahl zu führen habe. Im Zickzack müsse man sprengen, um die Pflanzen nach allen Seiten zu bewässern, und er zog Kreise in der Luft. »Man sprengt wie man Pfeife raucht. Das ist ein Sprichwort.« Er erkundigte sich nach Einzelheiten über die normannische Flora. Er grub das Hotelgärtchen um und zwang sich, die Würmer mit den Fingern abzusammeln. Er pumpte Wasser. 227mal in der Stunde den Pumpenschwengel auf und nieder. Natürlich wollte er einen Rekord schlagen, und eines Morgens gelang es ihm, 297 Schwengelschläge in der Stunde zustande zu bringen, wodurch der Wasserbehälter überfloß und den Garten überschwemmte. Der ganze Salat endete in der Jauchegrube.

Er bearbeitete sich selbst mit Wonne. Mit der Schermaschine ging er gegen seinen Bart vor, harkte seine Haare, säte

Fußpuder, grub seine Brust um. Aus Paris ließ er sich das ›Handbuch des kleinen Gärtners‹ schicken. Er schrieb nicht mehr. Seine Mutter war besorgt und telegrafierte: »Gib Nachricht. Bin sehr beunruhigt. Antworte telegrafisch. Komme sonst. Umarme Dich.«

Julien antwortete: »Befinden viel besser. Arbeite und lerne Gartenbau. Kann bald pfropfen. Küsse. Julien.«

Am folgenden Tag erhielt er einen Brief von seiner Mutter, der die Unruhe des Telegramms widerspiegelte:

Mein liebes Kind,
daß Du so wenig an mich denkst, macht mich sehr traurig. Seit Deinem Rohrpostbrief, der mir Deine Abreise ankündigte, habe ich nichts von Dir gehört. Ich fühle mich sehr allein und denke mit tiefer, tiefer Trauer über die Undankbarkeit nach. Gilbert arbeitet zu viel, und jedesmal, wenn ich ihn sehe, erzählt er mir Dummheiten. Marcel hat mir seit vierzehn Tagen kein Lebenszeichen gegeben. Was Juliette betrifft, so beachtet sie mich kaum, wenn ich sie besuche; sie beschäftigt sich nur mit ihrem Töchterchen. Und Du, Du reist ab wie ein Wahnsinniger, kommst nicht einmal, um mich zu umarmen, und schreibst mir auch nicht. Ich bin sicher, daß Du Deine Nachthemden vergessen hast. Nun, mein armes Kind, verlasse ich Dich tiefbetrübten Herzens und mit kummervoller Seele. Ich erwarte heute Nachricht von Dir.

Deine tieftraurige und sehr einsame Mama.

P. S. Achte auf Deine Ernährung.

Julien, zur Beruhigung seines Gewissens, telegrafiert sofort von neuem: »Achte sehr genau auf meine Ernährung. Gesundheit ausgezeichnet. Dein Dich liebender Julien.«

Die Tage vergingen. Julien schrieb weniger und weniger. Die Lektüre der Zeitungen machte ihn nervös. Er fühlte sich verlassen. Er machte lange Spaziergänge und bummelte durch die Felder. Berthe tippelte hinterher. Aber Julien war schweigsam und achtete auf nichts. Er kaute Blätter, setzte sich an den Wegrand und zeichnete mit der Spitze seines Spazierstocks Arabesken in den Erdboden. Er sah das Land mit grausamen Augen. Berthe, im Gegenteil, bewunderte alles. Eine Amsel zwitscherte in einem Dickicht, und Berthe rief: »Hörst du? Da singt eine Nachtigall!« Und Julien antwortete: »Das ist ein Vogel, der gurgelt.«

Es war heiß. Julien lief ans Meer und stürzte sich viermal am Tag hinein. Jeden Morgen erwartete er mit Ungeduld die Post; die Briefe aber, die ihm der Briefträger aushändigte, las er nicht. Die Erinnerung an einen Freund zwang ihn, eine Postkarte zu kaufen. Dann schrieb er einige Worte an Alfred: »Guten Tag. Danke. Nicht schlecht. Es ist eine brennende Hitze. Geh Du nur schön spazieren. Julien...« An einen Dichter (er drehte die Feder in seiner Hand und begann sehr prätentiös): »Mein lieber Freund, heute morgen beim Aufstehen habe ich mir nicht gesagt: ›Sieh da, das Meer ist blau!‹ Ich bin aufgestanden, bin ans Fenster gegangen und habe gesagt: ›Heute nacht hat man einige Sterne in die Bäume fallen lassen – die Magnolien sind aufgeblüht.‹ Julien.«

Alle diese Zerstreuungen genügten nicht, um sein Leben auszufüllen. Sein Roman »schleppte« sich kläglich dahin. Er beschrieb das Begräbnis seines Helden. Er quälte sich mit der Beschreibung eines Leichenträgers, eines früheren Seemanns, der auf dem Weg von der Kirche zum Friedhof Tabak kaute und alle zwanzig Schritte spuckte. Aber er konnte dieses Porträt nicht zu Ende schreiben: er fand es zu kühn und geschmacklos.

So gingen die Tage vorüber. Das wollte Julien. Er war aus Paris geflüchtet, Grund seiner Abreise. Er machte eine Kur. Alles, was er aß, überwachte er mit größter Aufmerksamkeit. Er sah zu, wenn die Eier gelegt wurden, das Schwein geschlachtet, die Milch gemolken, bevor er Eier, Milch oder Blutwurst verzehrte.

Er fühlte sich müde, ohne Grund. Nachts stand er auf, um zu »denken«, und seine Nervosität wuchs. Wenn es ihm endlich vor Tagesanbruch gelang, die Augen zu schließen, ließen ihn die Zurufe eines Bauern, der ein Pferd anspannte, oder das Quietschen einer Stalltür erschauern. Nichts konnte ihn beruhigen, weder die Ratschläge des Apothekers, noch die Tabletten, noch die Meerbäder. Jeden Morgen wollte er früh aufstehen, aber alle zehn Minuten gewährte er sich eine neue Frist. Er rauchte lange, und von Zigarette zu Zigarette wurde es Mittag. Nach einem ländlichen Frühstück, das er ohne Appetit verzehrte, legte er sich auf sein Bett und erwartete nichts mehr. Um sich zu beschäftigen, denn das mußte er um jeden Preis, begann er zu denken. Er suchte etwas anderes. Aber er suchte vergeblich. Er dachte an das, was er dachte. Eine Idee, der er nicht widerstehen konnte, nahm mit Erbitterung von ihm Besitz: der Tod...

Schon die Physiognomie des Wortes entsetzte ihn. Dieses trockene Schnalzen der Zunge, der unnütze Buchstabe d. Warum nicht der To? Diese Schreibweise wäre dekorativer.

Eines Tages hatte Julien überrascht festgestellt, daß er noch nie, seit er geboren wurde, ernsthaft an sein Ende gedacht hatte. Er hatte akzeptiert, nicht mehr da zu sein. Das war zweifellos unvermeidlich, aber warum nie darüber nachgedacht zu haben? Er warf sich dieses Vergessen bitterlich vor. Langsam wurde er sich seines gegenwärtigen Lebens wieder bewußt. Aber es geschah, um sich die Umstände seines Todes vorzustellen. Würde er die Folge eines Unfalls, einer Krankheit sein? Würde er freiwillig und tragisch sein? Er gab sich tausend letzte Seufzer.

Es war ganz unbegreiflich. Julien suchte nicht zu begreifen. Er begnügte sich damit, im Fluge die zahllosen Gesichter dessen zu erkennen, den er mit Pedanterie den »Stumpfnasigen« nannte. Wie in einem Film ließ er immer schärfere Bilder an sich vorüberziehen: Julien am Steuer eines Automobils, eine Wegkreuzung, ein anderes Auto, das das seine magnetisch anzog, und der notwendige Zusammenstoß. Die Kurve eines Körpers in der Luft, eine zerschmetterte Brust... Ein langer Ozeandampfer. Ein plötzlicher und verzweifelter Appell, ein Handgemenge. Julien springt in ein Rettungsboot. Andere Passagiere stürzen herbei. Die überlastete Barke nähert sich langsam, aber mit gleichmäßig ansteigender Geschwindigkeit, dem großen Strudel. Julien taucht, erstickt und sinkt langsam, die Kehle zusammengepreßt, um zu schreien, und seine Augen schließen sich...

So bemühte er sich verzweifelt, die Ursache seines Todes zu erfahren. Er wünschte vorauszusehen. Aber es kam ein Tag, da er sich fragte, was nachher geschehen würde. Er unterwarf seine Verwandten, seine Freunde, seine Erinnerung einer Prüfung. Er lebte hinter seinem Leichnam und wunderte sich über die Banalität, Tochter der Notwendigkeit und des Unvermeidlichen, Begleiterin der Verstorbenen. Er litt daran wie an einer Beschimpfung. Er wollte handeln, und der Aufenthalt auf dem Lande wurde ihm unerträglich. Nach Paris zurückzukehren, war unerläßlich. Sein Charakter gewann wieder die Oberhand. Er mußte handeln, etwas tun, ganz gleich was, und seine Nervosität verschlimmerte sich. Eines Nachts, als das Bild des Todes ihn zum ersten Mal mit Sanftmut besucht hatte, stand er auf und öffnete das Fenster. Er wollte nicht mehr daran denken. Aber zu viele Bilder gleich ebenso vielen Wolken sammelten sich zu einer Abenddämmerung.

Er stellte sich Bilder vor. Julien ist ein Schriftsteller. Bis zur Atemlosigkeit ließ er seine Einbildungskraft dem flüchtigen, geheimen Schatten gegenüber spielen, als ihn auf einmal, ganz plötzlich, eine Erinnerung ergriff und ihn durch und durch erschütterte: Julien ist auch ein Mörder. Er hat es sich soeben gestanden. Und nichts, weder die simple Sanftheit der Nacht, die in den Baumkronen hängt, noch das Schweigen, reife Frucht, noch die Ruhe, die von Stern zu Stern ihre

Fäden zieht, kann ihn hindern, sein Verbrechen zu gestehen. Die Galoppade der wiedererlebten Sekunden, der lange Vorhang, der sich so regelmäßig hin und her bewegt wie ein Herz, und das unvermeidliche Phantom leben in der Dunkelheit. Was sieht er hinten in diesem Hof, am Ende dieses Weges, am Rande des Pinienhains? Sein eigenes Leben, schwebend und leicht, das zitternd näher kommt. Er stößt es nicht zurück, er kann und will es nicht zurückstoßen, nicht aus Liebe, sondern aus natürlicher Bravour und weil er es vorzieht, diesem Menschen, so jung, so stark, der bereits Julien heißt, den er »ich« nennt, ins Antlitz zu blicken.

Sein stummer Wille besteht hartnäckig darauf. Seit jener Sekunde, da er durch absichtliche Ungeschicklichkeit einen Menschen vernichtet hat, erwartet er die andere Sekunde, diese Stunde, da er fähig sein wird, den zu erkennen, der er war, diesen einfältigen Tölpel, den unbestraften Verbrecher. Angesichts der Nacht, von den Dingen verlassen, kann er seine Rolle nicht mehr spielen. Er wagt nicht mehr, er selber zu sein, der von vorhin, der Schriftsteller, der Sportsmann, der sympathische Julien.

Er glaubte, diese Vergangenheit vergessen zu haben, und jetzt kommt der andere, der das Gedächtnis bewahrt hat, und nimmt seinen Platz und seine Kraft zurück. Er verbarg sich, aber zu dieser nächtlichen Stunde ist niemand da, der ihn sehen könnte. Er will, er befiehlt, und der so lebendige, so pariserische Jüngling schweigt. In der Einsamkeit können diese beiden Wesen nicht miteinander kämpfen. Sie erwarten ohne Furcht eine Entscheidung, von der sie wünschen, sie möge göttlich sein. Sie erwarten die Anklage des Gewissens. Alles ist stumm. Sie erwarten ein Wort, und die Stille wird noch tiefer. Wollen sie sterben? Sie neigen das Haupt, lauschen mit Ehrfurcht, ohne eine Äußerung zu wagen, ohne den Wunsch, sich zu beklagen. Sie können nichts hören, weder das gewaltige Rauschen der Wälder und des Meeres, noch den Atem der Menschen. Sie betrachten sich gegenseitig ohne Scham, ohne Verzweiflung, ohne Entsetzen. Sie haben ihr Dasein akzeptiert, und Julien, der Mörder, betrachtet Julien, der sich seiner selbst nicht bewußt ist und ihm mutig ins Auge blickt.

»Ich habe getötet.« – »Noch weiß es keiner.« – »Ich habe getötet, ich habe getötet.« – »Ich kann nicht auf dem Grunde meines Selbst lesen, ich kann nur wieder einschlafen und warten, grundlos, wunschlos. Warten . . . aber worauf?«

Julien läßt seine Gedanken mit den Minuten dahinfließen. Er erwartet eine unmögliche Antwort. Er erwartet nichts. Er zögert. Die Dämmerung schleicht über die Dächer wie eine vorsichtige Katze. Ein fahles Licht greift um sich und läßt die Erde glitzern. Nach und nach beginnt jede Farbe zu leuchten. Die Minute naht, da das Kornfeld gelb wird, die Minute der Bäume, der Ziegeldächer, die noch ganz rosig sind. Es gelingt Julien nicht, Geduld zu haben. Ist es die Trauer des werdenden Tages, ist es die Melancholie einer endenden Nacht, einer Nacht, die man nie mehr leben wird? Er erschauert zur Beruhigung seines Gewissens.

Berthe wird wach und erhebt Einspruch: »Kommst du, Liebling?«

3. Kapitel

Wie es nicht anders sein konnte, ist Julien nach Paris zurückgekehrt und hat sich gewissenhaft in die Arbeit gestürzt, die ihm von der Gewohnheit auferlegt ist. Er muß in die gleichen Cafés gehen, die gleichen Zeitungen überfliegen, mit den gleichen Freunden sprechen, um, wie er selbst sich ausdrückt, »auf dem laufenden zu sein«.

Jedoch interessiert er sich seit seiner Rückkehr nicht mehr so sehr für Anekdoten. Er erlaubt sich manchmal, sie zu verurteilen. Er will nicht »ausgehen«, und eines Abends hat er den Mut, nach dem Diner nach Hause zu gehen. Er macht es sich in seinem Sessel bequem und öffnet ein Buch. Er denkt an etwas anderes. Es wird ihm klar, daß seine Kleidung ihn behindert, und ohne seine Lektüre zu unterbrechen, zieht er die Schuhe aus und wirft sie von sich. Dann fährt er fort: mit einer Hand knöpft er seine Weste auf. Er sieht auf die Uhr. Es ist erst halb zehn. Das Buch langweilt ihn. Er legt es beiseite und macht sich auf die Suche nach einer anderen Lektüre. Er läßt den Blick durch das Zimmer schweifen und erschrickt, daß er gezwungen ist, zu wählen. Er greift nach einem Roman, den er noch nicht gelesen hat, aber er legt ihn wieder fort. Dieser Autor interessiert ihn nicht. Einem anderen geschieht das gleiche. Er hat heute keine Lust, einen Roman zu lesen. Also sucht er langsam einen Gedichtband. Er will laut lesen. Nein, keine Verse. Er durchblättert eine Zeitschrift, aber ohne einem Artikel besonderes Interesse abzugewinnen. Wie spät ist es? Dreiviertel zehn? Furchtbar! Er geht in den Salon. Dort wird er sicher ein interessantes Buch finden. Tatsächlich, hier hat er, was er braucht. Er streckt sich auf dem Teppich aus und beginnt zu lesen. Aber diese Lage ist unbequem. Er geht lieber schlafen. Er stürzt sich ins Bett und liest das Buch weiter, das er mit so großer Mühe entdeckt hat. Aber, o Wunder, er gähnt. Er fühlt, daß er schläfrig ist. Wie spät ist es? Viertel nach zehn. Vom Torweg kommt ein dumpfes Geräusch.

Die Nacht. Er erkennt die Nacht. Die Schwester des Schweigens bläht sich wie ein großer Vogel und erfüllt das Zimmer. Die Stunden schweben wie Federn, mit trostloser Langsamkeit. Die Geräusche ersticken, die Lichter flackern und erlöschen. Die Leere ist bereit für eine Schöpfung. Es gibt Abende, da bleibt die Leere sie selbst, ohne Hoffnung, ohne Notwendigkeit. Manchmal ist alles voller Erwartung, aber sie wird enttäuscht. Seltener ruft diese Leere heftig nach einem brutalen Entschluß.

Julien liegt da wie ein Opfer. Um seinen Körper, der sich fallen läßt, wirbeln Gefahren. Mit höhnischem Grinsen überfällt ihn das Fieber, starre Grimasse, und bemächtigt sich langsam seines ganzen Körpers. Unter dem Gewicht wird er unruhig und versucht, sich gegen den Angriff zu wehren. Es ist zu spät. Schon pressen sich Kälte und Morgen gegen die Fensterscheiben und lassen einen Vorhang erzittern.

Er wacht auf. Der Kopf ist schwer, die Glieder wie Blei. Julien reibt sich die Augen, wirft die Arme ins Leere. Kaum kann er sich aufrichten. Es ist so heiß. Er sinkt zurück, erschöpft und betäubt von der Anstrengung. Er läßt sich noch tiefer fallen. Die Geräusche werden Insekten, das Licht, das die Vorhänge zerreißt, legt sich auf seine Stirn wie eine Eisenstange. Julien stellt Fragen. Die Decke ist weiß, sehr weiß! Die Wand ist ein Garten voller Blumen. Das Zimmer ist ein Stübchen hinter dem Laden eines Antiquars. Die Bücher sind nicht zu zählen. Heute morgen ist Überfluß an allem. Julien ist einverstanden, alles wegzugeben. Man nehme seine Bücher, seine Anzüge! Er will gern einen Schrankkoffer zur Verfügung stellen. Alles, was Juliens Blick umfaßt, soll so schnell wie möglich fortgeschafft werden!

Julien schließt die Augen, und es ist nichts mehr da: der Schatten hat alles fortgenommen. Auch das reichlich vorhandene Blut umgibt seinen Körper wie ein Netz. Julien wehrt sich, aber er fühlt, daß er besiegt ist. Er ist krank. Dieses Geständnis gibt ihm Energie. Er will handeln. Er wirft die Decke zurück und springt auf. Jetzt steht er da, bleich und gebeugt. Alles, was er sieht, entfernt sich von ihm, kommt zurück und entfernt sich von neuem. Zur Sicherheit entfernt sich Julien seinerseits und fällt wie gelähmt in sein Bett zurück. Er ist zweifellos krank. Er beruhigt sich und gibt den Kampf auf. Er kriecht unter die Decke, stützt den Kopf, macht es sich im Bett bequem, und während er ruhig atmet, stellt er fest, daß er sich behaglich fühlt. Gewiß, es ist ihm zu heiß, aber er will es heiß haben. Er ist sehr durstig, aber er will durstig sein. So ist es, ein für allemal.

Er fühlt sich schuldig. Möge man ihm verzeihen, da es das erste Mal ist. Aber er errötet. Vor Hitze oder vor Scham? Welch ein Beispiel für alle seine Freunde! Julien krank! Man wird sich nach seinem Befinden erkundigen. Man wird den Arzt rufen. Seine Mutter. Berthe wird benachrichtigt. Der Apotheker wird angerufen. Welch ein Hin und Her! Julien ist müde: er fürchtet das künftige Kommen und Gehen, die unnützen Worte und besonders die Fragen, die platt wie Wanzen und langsam wie Gänse, aber unentbehrlich sind, wenn man krank ist. »Ich will allein gelassen werden!« ruft Julien, aber niemand antwortet, niemand stellt Julien Fragen, der dieses Schweigen bereits bedauert, der fürchtet, von allen Freunden und Freundinnen verlassen zu sein. Soeben ist die Sonne aufgegangen, und die Straße ist absolut still. Kaum hört man in der Ferne ein Taxi, voll mit jungen Leuten im Smoking (mit zerrissenen Kragen), und dieses Taxi hupt unnötigerweise, aus Liebe zum Lärm. Die Vögel schlafen. Der

Mond erbleicht allmählich. Kaum hört man aus der Ferne das Wasser in den Leitungen sprudeln. Julien ist verlassen. Hinter dem Kopfkissen lauert das Fieber, mit glänzenden Augen, mit Händen eines Blinden. Schlafen! Julien verfolgt den Schlaf durch das ganze Zimmer. Sein Blick heftet sich auf den Spiegelschrank. Er stellt fest, daß er sehr bleich, sehr traurig ist und dunkle Ringe um die Augen hat. In der Hoffnung, sich zu langweilen, will er lesen, aber seine Kritiksucht ist erwacht, und er entdeckt Plagiate, Längen, Sinnlosigkeiten. Er möchte gern schreiben, aber was? Nichts kommt aus seiner Feder: kein Wort, kein Tintenklecks.

Schwerfällig folgen die Stunden aufeinander. Sie sind langsam wie Schlangen. Man erkennt sie im Vorbeigehen. Dies ist die Stunde der Lumpensammler, die Stunde der Milchhändler, die Stunde der Briefträger. Endlich ist die Stunde der Aufwartefrau da. Man hört sie in der Küche rumoren. Dies ist die Minute der Teekanne, die Minute des Kochtopfs, des Streichholzes, des Wassers, des Tabletts... Die Aufwartefrau klopft mit aller Kraft an die Tür. Sie kommt mit dem Tee, den Zeitungen, den Briefen herein. Aber Julien erklärt, er fühle sich nicht wohl, er sei krank. Adele, Aufwartefrau und weibliches Vorbild, schlägt Arzneien vor. Man muß Lindenblütentee mit einem Tropfen Rum trinken, ein Stück Kohle knabbern, Salzwasser einatmen. Sie bittet um die Erlaubnis, die Stirn des Kranken zu berühren. Sie stellt Fragen: er wartete schon lange darauf. Adele wird aufgeregt. Sie zieht die Laken zurecht, schüttelt das Kopfkissen, stellt einige Bücher ins Regal.

– Adele, sagt Julien mit schwacher Stimme, holen Sie einen Arzt. Er nennt eine Adresse, und Adele läuft davon. Julien ist müde. Ihm ist wirklich sehr heiß, und sein Kopf gleicht einer Trommel. Die Straße füllt sich nach und nach mit Lärm: sie dröhnt. Man hört Schreie, dumpfe Schläge, Geflüster. Ein Kind weint. Jetzt ist es kalt. Julien hört seine Haut erschauern. Er schließt metallene Augenlider. Seine

Finger verkrampfen sich. Alle Gegenstände summen von Licht. Man braucht sich nur zu erinnern, um zu leiden. Diese Aufwartefrau, die nicht zurückkommt! Julien steht auf und öffnet das Fenster, um zu sehen, ob sie ihn nicht vergessen hat. Er legt sich wieder ins Bett, von der Luft und dem Lärm betäubt.

Endlich kommt der Arzt.

Er ist kahlköpfig, rot, feierlich. Er trägt einen Kneifer, der an einer Schnur befestigt ist, und einen schwarzen Gehrock. Er grüßt förmlich, ergreift mit einer Hand Juliens Handgelenk und mit der anderen eine große goldene Uhr, die tickt wie ein Wecker. Er schüttelt den Kopf. Julien lächelt, streckt die Zunge heraus, öffnet die Augen. Er lächelt, er hat kein Vertrauen, aber er wagt nicht, zu spötteln, weil er besorgt ist. Der Arzt kratzt sich die Stirn und setzt sich an den Tisch, um das Rezept zu schreiben.

Er mißt die Temperatur. Resultat: 39 Grad. Julien beginnt wirklich, sich Sorgen zu machen. Der Arzt kratzt sich noch heftiger die Stirn. »Sie haben Fieber«, sagt er. Er horcht das Herz ab, untersucht den Kranken und sieht sich seine Augen an. Dann drückt er Julien die Hand und erklärt ihm: »Ich komme später, im Laufe des Nachmittags wieder.« Julien wundert sich über einen solchen Eifer, den er für unangebracht hält. Schließlich muß man sich fügen. Er ruft seine Mutter an. Eine halbe Stunde später ist sie da, außer sich.

Kein Zweifel. Julien ist krank. Alles beweist es ihm: hier seine Mutter, die mit Tränen in den Augen eine kühle Hand auf seine Stirn legt und sagt: »Du strengst Dich zu sehr an.« Bücher und kleine Gegenstände werden fortgeräumt, um Platz für Arzneifläschchen zu schaffen; ein kleiner Spirituskocher wird angezündet, um Wasser warm zu machen, und auf dem Nachttisch steht ein stark gezuckerter Grog. Alle Gerüche vermischen sich, und es riecht nach Krankenzimmer: eine Mischung von Alkohol, Äther, Kognak und süßlicher Arznei.

Alles überzeugt ihn, und der Kranke beginnt ernsthaft, sich zu beunruhigen. Er hört verworrene Geräusche in der Küche. Er horcht: seine Mutter und die Aufwartefrau stehen am Herd und diskutieren. Die Unruhe wächst in dem wattierten Schweigen dieses Zimmers, das er nicht mehr erkennt. Er fragt sich: »Wenn ich sterben sollte? Was soll ich tun? Vor allem mein Testament!« Er richtet sich auf und greift nach einem Block Briefpapier.

Er schreibt: »Ich, der Unterzeichner, an Körper und Geist gesund (er zögert, von Gewissenszweifeln ergriffen, beruhigt sich aber wieder), vermache meinem unehelichen Sohn meinen gesamten verfügbaren Besitz.« Und er unterzeichnet sehr energisch, um seinen Willen deutlich auszudrücken. Aber die Abfassung dieses Testaments hat sein Fieber erhöht, und er denkt leidenschaftlich an seinen Sohn: »Seit sechs Monaten habe ich ihn nicht gesehen. Ist er gesund? Ja, sicher, sonst hätte man mir geschrieben. Was wird aus ihm werden? Mein Sohn... Hat er das Recht, meinen Namen zu tragen? Ich weiß es nicht. Wie leichtfertig bin ich doch! Ich hätte wissen müssen, was zu tun ist, aber seit dem Tode seiner Mutter kann ich nicht mehr ernsthaft denken. Wie macht man das: ernsthaft sein?«

Vor einigen Jahren, Julien war achtzehn, wollte er drei Wochen in Südfrankreich verbringen. Das Hotel gefiel ihm. Er blieb drei Monate und verließ Cannes erst, als die Blumen verblühten. Beim Tennisspielen lernte er eine junge Rumänin kennen. Sie war Witwe und hübsch. Solch ein Zusammentreffen erstaunte Julien zuerst, dann, nach reiflicher Überlegung, schien es ihm banal und beruhigend. Die seltsamen Bewohner des Hotels, die sich bemühten, die Zeit zu verspielen, bewunderten diese junge Frau, die allein, hübsch und mutig war, bereit, sich auszuruhen und ohne Vorurteil zu atmen, und die nur das ablehnte, was das Leben ihr nicht bieten konnte. Obwohl sie Rumänin war, hieß sie ganz einfach Estelle. Eine schwere schwarze Haarflechte umrahmte ein bleiches Antlitz. Sie sah einer weißhäutigen Eskimofrau ähnlicher als einer Rumänin. Ihre Augen waren sehr dunkel, sehr glänzend und blickten manchmal rührend. Obwohl sie Rumänin war, gefiel sie Julien unendlich, der sie »einfach, beweglich, geräuschlos« fand, Eigenschaften, die man zu jener Zeit einer Automobilmarke zuschrieb. Sie machte einen ausgesprochenen Eindruck von Sauberkeit und, was Julien verwunderte, von Gesundheit. Sie ging leidenschaftlich gern spazieren, stundenlang geradeaus, immer bereit, eine Blume zu bewundern, deren Namen sie kannte, denn sie interessierte sich für Botanik, eine Landschaft, ein Kind, ein Tier zärtlich zu betrachten, denn sie studierte Malerei, Säuglingspflege und Zoologie.

Ja, sie war zärtlich, aber mit einer gewissen Kälte, mit bestürzender Ruhe. Man konnte sicher sein, daß sie aufrichtig liebte, was sie zu lieben vorgab. Aber war es aus Schamgefühl, war es ihre Erziehung, ihre Kälte, es war tatsächlich unmöglich, die Beweise ihrer Liebe zu erkennen. Nichts verriet sie. Außerdem, was einen noch mehr zögern ließ, war die Anmut, die sie in ihre Zärtlichkeit sowie in ihr ganzes Tun zu legen verstand. So entging sie allen Grobheiten jener Leute, die sie durch ihre Anmut bezauberte. Wenn ein Zeichen der Verehrung in einen brutalen Antrag ausartete, wußte sie ohne Verachtung zu lächeln, aber der Tölpel errötete unfehlbar. Er musterte seine Bärenpranken, seinen Kürbisteint und zog sich in seine Höhle zurück, die bei Gelegenheit hochtrabend als »Appartement 83« bezeichnet wurde. Um Estelle schwebte ein sanftglänzender weißer Nebel, der aber so stark war, daß er blenden konnte, ein Sternennebel.

Estelle spielte eher schlecht als gut Tennis. Julien, der sich bereits für einen Dichter hielt, bemerkte, daß die Bälle für sie eigentlich nur Seifenblasen waren. Als er den Mut aufbrachte, ihr diese Meinung zu gestehen, antwortete sie nicht. Am folgenden Tag rächte sie sich, indem sie ihn besiegte; er war erstaunt und zufrieden.

Ihr war es zu verdanken, daß Julien lächeln lernte.

Julien war damals furchtbar jung, von einer Jugendlichkeit, die ein vorzeitiges Alter voraussehen läßt. Er hatte keine der Eigenschaften eines Verführers. Aber er war hingerissen und tat instinktiv alles, was nötig war, um Estelle zu bezaubern. Sie spielten täglich Tennis und verbrachten mehrere Stunden des Tages am Strand, verliebt in die Sonne und in sich selbst. Es kam so weit, daß sie erschraken, wenn ein zudringlicher Mensch ihnen eine Stunde stahl.

Julien wünschte nichts weiter, als so dahinzuleben. Kaum, daß er am Ende des Monats Estelles Hände heftig küßte, kaum, daß er sie im zweiten Monat beim Arm nahm. Estelle wunderte sich nie über eine solche Zurückhaltung. Es empörte sie nicht einmal. Eines Abends jedoch, auf einem Spaziergang – es war ein kühler Abend, die Bäume verbargen die Vögel – war Estelle traurig und Julien fühlte sich unbehaglich; die Zukunft und der Mond waren verschleiert. Unter einem dunstbeladenen Wind neigten sich die Bäume. Estelle fror. Julien reichte ihr seinen Mantel, aber sie wies ihn zurück. Sie teilten ihn. Julien erschauerte und küßte ganz einfach Estelles Lippen.

Estelle senkte den Kopf. Sie zitterte nicht wie Julien. Sie schloß die Augen, als ob sie lausche, aber sie konnte nichts hören: Juliens Herz schlug zu heftig. Es war ihm nie bewußt geworden, daß er sie begehrte. Sein Wille war abwesend. Er hatte nichts beschlossen. Außer Atem wollte er sich Estelle zu Füßen werfen, aber sie hielt ihn zurück und sagte: »Mein Freund!« Julien verstand nichts und wußte nicht, ob er flüchten oder es noch einmal versuchen sollte. Er zögerte nicht lange und nahm »seine Freundin« tapfer in die Arme. Er hatte nur noch eine einzige Angst, die, zu mißfallen.

Sie kehrten langsam ins Hotel zurück. Im Vestibül verabschiedete sich Julien ehrerbietig und eilte davon, unruhig, wütend, verzweifelt. Er konnte nicht schlafen. Alles war verloren. Er packte seine Koffer und wartete, bis es Tag wurde.

Als die Sonne aufging, errötete er: der Anblick der erbleichenden rosa Wolken schmerzte ihn. Seine Abreise war so nahe. Es mußte jedoch sein. Er überdachte seinen Tag, der soeben begann; in einigen Minuten würde er läuten, um das Frühstück und einen Wagen für den Ein-Uhr-Zug zu bestellen. Er würde einen letzten Spaziergang machen und dem Hotel fernbleiben. Vor dem Mittagessen würde er sich von Estelle verabschieden. Er fröstelte. Ganz laut sprach er den Namen: »Estelle...« Bei diesem Signal flogen alle Vögel zwitschernd davon.

Er streckte sich auf dem Bett aus, um seine Melancholie zu genießen und seine Energie zu bewundern. Bescheiden schlief er ein.

Man klopfte an die Tür, um Julien zu melden, daß Madame Estelle Vulbesco Monsieur unten erwarte. Es war elf Uhr. Julien ließ bestellen, daß er sofort hinunterkäme. In der Hotelhalle fand er Estelle, sehr ernst, in einem dunklen Schneiderkostüm, die zu ihm sagte: »Mein Freund, ich sage Ihnen Guten Tag und Adieu.« Julien erkannte an den blauen Ringen um Estelles Augen, daß sie beide zur gleichen Stunde den Sonnenaufgang betrachtet hatten. Er war gewarnt und kannte bereits alle Argumente, um seine Freundin und sich selbst zu überzeugen, daß sie in Cannes bleiben müßten. Sie faßten einen großen Entschluß: an demselben Tisch zu speisen. Man brauchte sich aus dem Klatsch nichts zu machen. Nicht wahr?

An diesem Tag war ihr Spaziergang bezaubernd, wenn sie auch manchmal lange schwiegen. Um das Schweigen zu überbrücken, geriet Julien in Verzückung. Dümmer konnte man sich nicht benehmen. Estelle fand ihn reizend. Als ob sie etwas erwarteten, konnte keiner von beiden sich entschließen, ins Hotel zurückzukehren. Die Sonne ging unter, dieselbe Sonne, die sie am Morgen gesehen hatten, als sie durch den Nebel drang. Die Erschütterung war zu stark: sie sanken einander in die Arme. Die Sonne war untergegangen. Sie erwarteten nichts mehr. Sie aßen gemeinsam zu Abend. Estelle war todmüde und verließ Julien frühzeitig.

Spazierengehen und Tennisspielen begannen von neuem. Aber eines Abends geschah es, daß Julien an Estelles Tür klopfte und eintrat, ohne eine Antwort abzuwarten. Er wollte von ihrer Abreise sprechen. Er bat um einige Auskünfte über Rumänien. Es wurde ihm zur Gewohnheit, seine Freundin jeden Abend zu besuchen. Dieses Zimmer war immerhin angenehmer als der Rauchsalon. Ganz fraglos.

Estelle war zärtlich mit Anmut und mit jener gewissen Kälte, die zuerst abschreckend wirkte. Julien war eigenwillig und immer zur Bewunderung bereit. Übrigens war er entschlossen: der Kuß, den er Estelle eines Abends gegeben hatte, wies ihm den Weg. Julien fühlte die Begierde Schritt für Schritt nahen. Er kannte Estelles Augen und Arme. Er wollte auch ihre Brüste lieben, die er sich vorstellte. Ihm schien, als würde er stärker. Die Begierde spannte seine Muskeln, ließ seinen Kopf anschwellen. Er war entschlossen.

Es kam ein Tag, da sahen sie noch einmal zu zweit den Sonnenaufgang, aber sie lagen einander in den Armen. Sie akzeptierten ihr Glück voller Freude, ohne Bescheidenheit und ohne Scham.

Sie verließen Cannes und reisten nach Villequier. Julien wollte Estelle lehren, die Ufer der Seine zu lieben. Gemeinsam sahen sie die Sonne, wie sie zärtlich die ersten Flammen im Wald und an den Ufern entzündete. Keinen Augenblick wunderten sie sich über das Fliehen der Zeit. Sie wunderten sich über nichts, weder über ihre Liebe, noch über ihr Glück, noch über den Regen, noch über Estelles beharrlichen Husten. Sie blieben den ganzen Winter über in Villequier. Ein Sohn wurde ihnen geboren. Sie begriffen nicht, daß alles verändert war. Julien lachte, wenn er seinen Sohn sabbern sah. Aber Estelle hustete zu sehr. Sie kehrten ohne

Melancholie nach Cannes zurück. Sie kamen wieder nach Villequier, wo Estelle eines Morgens bei Sonnenaufgang in den Armen ihres Freundes verschied.

An jenem Tag wurde ein Mann geboren. Er hatte weder Tränen noch Zorn. Er hatte die Erinnerung an den Tod, an das Erstarren, das Verschwinden. Der neugeborene Mann ließ seinen Sohn, der in seinen Augen noch nichts weiter als ein Spielzeug war, bei älteren Leuten seiner Bekanntschaft in Pflege und kehrte nach Paris zurück.

Er alterte in einigen Wochen, so, wie eine Frucht reift und verfault. Eines Tages fiel ihm eine jener alten, gebeugten Damen auf, die mit verstörtem Blick dahertrippeln. Er betrachtete sie. So lebten sie dahin, in Furcht vor dem Tod, der sich schleichend nähert, ohne den Grund ihrer Furcht zu kennen. Sie konnten sich noch so oft sagen, daß sie zu nichts taugten, daß ihr Platz nicht mehr auf Erden sei, sie trippelten dennoch weiter, um schleunigst dem Schatten ihres Grabes zu entfliehen.

In ihnen erkannte sich Julien. Er hatte Furcht zu altern und erwartete das Alter, das auf seinen Ruf antwortete. Mit aller Kraft vernichtete er, was er einst in sich bewundert und geliebt hatte, und dieses Einebnen brachte plötzlich tausend kleine Manien hervor, tausend kleine Begierden, die sich alsbald vereinigten, um den Menschen zu bilden, der er werden sollte, von Eitelkeit, von Unentschlossenheit, von Feigheit zerfressen. Als er diese Veränderungen bemerkte, die eine Umwälzung bedeuteten, genügte es ihm, an sein Leid zu denken, an alles, was geschehen war, um sich nicht mehr zu verachten. Ja, im Gegenteil, er legte es darauf an, noch mehr zu entwickeln, was ihn von dem, der er gewesen war, unterschied.

Alles, was schmerzte, hatte er abgestumpft, was lebendig war, hatte er erstickt. Jetzt konnte er warten. Warten. Warten... auf nichts.

4. Kapitel

Die Nacht kommt näher mit ihrem Gefolge fixer Ideen und Wahngebilden. Julien fürchtet sie, und er bittet seine Kameraden, ihn zu besuchen, sobald alles in den Straßen und Häusern ruhig wird. Alfred ist der eifrigste Besucher. Julien hat keine Freunde. Er begnügt sich mit Kameraden, denen man Geld leiht oder umgekehrt, denen man Knüffe versetzt, die man Idioten nennt, die man im Auto mitnimmt, denen man seine Bücher vorliest, bevor sie veröffentlicht werden und mit denen man Tennis spielt. Alfred ist für Julien ein lebender Vorwurf und ein Anlaß, sich über ihn lustig zu machen.

Alfred lebt wie man Geige spielt. Er betrachtet unausgesetzt seine Finger, achtet auf seine Ellenbogen, auf das Blinzeln seiner Augenlider, auf seine Frisur. Er pudert sich und das sehr langsam, damit auch jede Pore von einem Puderstäubchen bedeckt ist. Er bürstet seiner Augenbrauen, rasiert jede Stoppel einzeln, zupft sich in aller Ruhe ungleich wachsende Haare aus. Er spricht langsam und drückt sich sehr gewählt aus: er wirft seinem Gegenüber den Konjunktiv-Imperfekt an den Kopf wie eine Beschimpfung. Er spricht jedes Wort aus, als verteile er Küsse. Er hat sich einen besonderen Wortschatz zu eigen gemacht. Vor allem aber erzählt er Anekdoten. Wenn er sich im Spiegel betrachtet, was häufig vorkommt, zieht er die Stirn in Falten, schließt die Augenlider, macht die Lippen rund. Er sieht aus wie ein Jagdhornbläser.

Alfred ist religiös. Er liebt den Prunk der Kirche, die gute Erziehung der Priester, und manchmal glaubt er auch, Gott zu lieben. Er ist katholisch wie ein Snob es sein kann, so, wie er Anglomane und Nationalist ist.

Als er von Juliens Krankheit erfuhr, sah er ihn schon im Sterben liegen. Es galt, eine Seele zu retten. Sobald er mit dem Kranken allein war, neigte er sich über ihn und flüsterte ihm ins Ohr: »An deiner Stelle würde ich beichten.« Julien war empört. »O!«, fuhr Alfred fort, »ich weiß ja, mein Lieber, daß du dir nichts Besonderes vorzuwerfen hast, aber gerade darum ist es so einfach, überhaupt nichts mehr auf dem Gewissen zu haben.«

»Bin ich denn so krank?« fragt Julien.

»Weißt du, dear, man weiß nie.«

Julien schweigt. Alfred wartet. »So ein Dummkopf«, denkt Julien, »so ein Rohling! Ich bin sehr krank. Man will es mir nur nicht sagen. Wie recht ich hatte, mein Testament zu schreiben! Aber was kann mir denn nur fehlen? Mein Leben... mein Leben...« Julien ist sehr erregt. Ein langsamer Schweiß legt sich auf seine Stirn. Er sieht die Linie, die von der Geburt zum Tode führt. Er kennt ihre Brutalität. Er, er weiß Bescheid, er weiß alles. Nichts wird ihn verraten, aber er wird vielleicht sterben. Er hat keine Gewissensbisse, aber er spürt das unabweisbare Bedürfnis, jemandem zu beichten, nicht mehr allein zu sein. Er weiß es. Und das ist eine furchtbare Einsamkeit. Er fühlt sich wie in einer riesigen Wüste, auf einem unbewohnbaren Planeten. Alfred wartet immer noch.

»Alfred, kennst du einen Priester? Gut! Dann hole ihn, du Idiot!«

Alfred lächelt und fügt hinzu: »Aber nein, mein Lieber, nicht heute abend. Du hast Zeit. So krank bist du nun auch wieder nicht.«

»Geh' und hole ihn«, sagt Julien.

Jetzt ist der Kranke allein. Er schließt die Augen für einige

Minuten. Es ist Abend geworden. Das Eingangstor knirscht. Man hört ein Taxi, das den Gang wechselt.

Julien versucht, seine verkrampften Finger zu bewegen, als wolle er einen Knoten lösen. Zwei Gesichter wollen sich vereinigen: was er jetzt braucht, ist ein Mensch, ein einziger Mensch, eine einzige Wahrheit, eine einzige Angst. Die Würfel sind gefallen. Man wird dieses Geheimnis besitzen, es ergreifen und entstellen. Julien leidet, weil er weiß, daß man weder sein Schweigen, noch seine Maske, noch sein Verbrechen verstehen wird. Die gleiche Frage, die ihn einst zum Schweigen zwang, löst sich von seinen Lippen und entflieht seinen erhobenen Händen: »Wozu?« Das Lächeln, das unmäßige Getue und dieses ganze Leben, das er sich aufgebaut hat, sinken zusammen wie ein Ballon, aus dem die Luft entweicht. Alles existiert weiter, aber ohne Nutzen.

Selbst wenn er spricht, man wird ihm nicht glauben. Er hat keine Gewissensbisse, nicht einmal Bedauern. Er hat nur Angst, keinen Mut mehr zu haben, seine Rolle nicht mehr zu wissen und endgültig den Boden unter den Füßen zu verlieren. Und schließlich will er noch leben, um sterben zu lernen. Er will er selbst sein. Aber welcher? Sterben lernen... Man muß sterben wie man gelebt hat. Sprichwort. Wie habe ich gelebt? Das fragt er sich. Er richtet sich auf, um sein Gleichgewicht zurückzugewinnen. Tastend sucht er einen Spiegel, ein Bewußtsein. Vergeblich. Seine Finger bewegen sich unruhig wie auf einer Klaviatur. Wird er verzichten, von neuem zu leben? Und aus welchem unmöglichen Grund? Aus der tiefsten Tiefe seines Selbst kann er nichts anderes hervorbringen als ein doppeltes Bild. Er höhnt: »Verbrechen oder Selbstmord?« Vermischte Nachrichten. »Das Unglück ist vielleicht, daß ich niemanden wirklich getötet habe. Weder ihn noch mich. Vielleicht wollte er Selbstmord begehen?« Schon bedauert er, in seinen Augen kein Mörder mehr zu sein, sondern nur der Dichter Julien, gleichgültig und ruhelos. Er braucht sein Verbrechen, um einen Grund zum Leben zu haben, einen Grund zum Sterben. Er bricht in Gelächter aus.

Der Kranke vertieft sich in die Betrachtung einer unruhigen Minute, und sein ganzes Fieber dreht sich um die unmögliche Aufrichtigkeit. In dem Hof dieser flackernden Flamme will er endlich einen Grund, mehrere Gründe entdecken. Er wirft sich unruhig hin und her. Seine Zähne klappern, als wollten sie zubeißen, um diese Fleisch gewordene Furcht zu zerreißen. Er hat Angst vor diesem Schatten, dessen Schatten er ist. Der Kampf bleibt endgültig gleich, und er, der Kranke, der die dritte Person ist, der Zuschauer, kann keine Entscheidung voraussehen, er weiß genau, daß diese Schlacht nie ein Ende haben wird.

Und Julien hört sein Herz schlagen. Er hört sein Gewissen: »Ich wage nicht mehr, an mein Leben zu denken. Es ist vergangen wie ein böser Traum. Nun denn, sprechen wir nicht mehr davon! Ich habe keine Gewissensbisse, nicht wahr? Gott! Wie heiß mir ist! Es ist schon sechs Jahre her! Die Zeit vergeht schnell, wenn man sie totschlägt. Töten. Ich habe keine Angst, aber mir ist es lieber, nicht zu denken. Ich bin geboren, um zu vergessen. Trotzdem, es ist wahr, was man sagt: ich bin von unglaublicher Leichtfertigkeit. Dieser Mensch (ich erinnere mich besonders an seine Haare) würde vielleicht noch leben. Er wäre bestimmt betrübt, mich krank zu wissen. Er würde mir Weintrauben aus »seinem Schloß« bringen. Ich hatte ihn sehr gern, aber jetzt mag ich ihn nicht mehr. Wie schnell ich vergesse. Schließlich ist es seine Schuld... Ich brauche keine Entschuldigung. Es ist seine eigene Schuld. Man verbrennt sein Gedächtnis nicht. Das wäre zu bequem. Gewissensbisse wären praktischer, aber sie hängen nicht vom Willen ab. Ausweglose Situation. Ich kann nur abwarten; ich werde schon sehen. Der Durst, ein furchtbarer Durst. Ich lebe auf. Ich bin nicht mehr ganz allein, da ich warte. Ist es dieses Bedürfnis zu trinken, dieses angespannte Lauschen auf das geringste Geräusch, was mir Gesellschaft leistet? Vielleicht ist dieses Gespenst eine ausreichende Gegenwart. Man braucht sich entschieden keine Illusionen mehr zu machen. Die größten Illusionen haben ein Ende. Ich erwarte nie genug. Das ist zweifellos mein Geheimnis. Ich bin ungeduldig. Das ist ein Ausgangspunkt. Dieser schreckliche Greis war eine schöne Kanaille. Er hat versucht, mich zu foltern. Er beobachtete mich. Er spionierte hinter mir her. Man hätte mich ruhig leiden lassen sollen! Da wäre ein Gedicht zu schreiben. Aber diese Kanaille wußte genau, daß ich nicht widerstehen würde. Ich habe keine Beschimpfungen zu meinen Diensten: eine schöne Meute von Beschimpfungen! Fangen wir wieder an. Ein Mensch und ich. Wir waren gewiß nicht füreinander geschaffen...«

Schritte im Treppenhaus... Kommt da der Mensch, der endlich ein Urteil sprechen wird? Ist er es, der wissen und tadeln wird? Ich höre Schritte im Treppenhaus. Das Geländer knarrt. Man hört Flüstern. Welche Farbe haben deine Augen?

Nein, es ist ein Irrtum. Es ist vielleicht nur ein Mieter, der sich die Füße abwischt, und dann, schon außer Atem, die Treppe hinaufsteigt.

Julien ist ungeduldig. »Es ist wahr«, denkt er, »ich bin ein leichtsinniger Mensch. Wie recht man hat, dies zu sagen. Ich bin die Leichtfertigkeit selbst, aber die ganze Erde könnte es sagen, ich würde dennoch daran zweifeln. Heute aber glaube ich es. Jetzt bin ich wieder einmal allein. Ich drehe mich immer weiter im Kreise. Ich kann nichts dafür. Weder mein Tod noch der Tod der anderen beunruhigt mich. Ich bin wahrscheinlich unfähig, Gewissensbisse, ja auch nur Bedauern zu empfinden.«

Und bald mit Verwegenheit, bald mit Grauen klettert Julien die Leiter seiner Erinnerungen hinunter. Hin und wieder lächelt er, dann aber fühlt er ein schmerzliches Zwicken, als er an eine Wunde denkt, die ihm seine Eitelkeit geschlagen hat. Er läßt sich gleiten. Er ist weit fort von diesem Zimmer, zu weit. Er runzelt die Stirn. Die Erinnerungen häufen sich. Vielleicht wird er einschlafen, ungewiegt, ohne Lieder, wie ein Kind. Ein Kind.

Er sieht eine Allee im Wald, eine Allee, die er von jeher kennt. Weder die Farbe des Bodens noch das dicke Mooslaub sind ihm unbekannt. Am Fuße einer Böschung erkennt er einen Ameisenhaufen. Er setzt sich auf den Boden und beobachtet das Gehen und Kommen der Ameisen. Er sucht einen Stein zum Wühlen; um die Quelle dieses animalischen Sturzbaches zu verstopfen, trägt er tote Blätter zusammen. Er wird das unerschöpfliche Loch ausräuchern. Die Ameisen flüchten.

Am nächsten Tag kommt er zurück. Die Ameisen haben ihren Lauf wieder aufgenommen. Sie sind alle da, im Licht eines Sonnenstrahls, und sie schleppen kleine Körnchen oder Holzstückchen herbei. Sie schleppen in einem fort und gehen unaufhörlich auf die Suche, glück- und begeisterungslos. Er will sie ertränken und er schüttet einen Eimer Wasser über sie aus. Vielleicht kommen sie wieder, aber ihre Zahl wird sich vermindert haben. Julien öffnet die Augen. Er sieht die Ameisen immer noch. Sie sind da, sie oder ihre Enkeltöchter; sie laufen über die Decke, über die Wände. Sie warten. Höhnisch belauern sie den kleinen Jungen, der sie vernichten wollte.

Julien, seinerseits, lauert auf die Gewissensbisse. Er lauert vergeblich. Julien geht in allen Einzelheiten der Episode nach, die unsensible Menschen die tragischste seines Lebens nennen würden. Er fragt sich, ob er fähig sei, deshalb zu leiden: »Getue, simples Getue.« Nein, Gewissensbisse begleiten ihn nicht auf dem Weg der Nachtwache. Und in aller Aufrichtigkeit möchte er leiden.

Das Leben eines Menschen zählt. Das ist keine Frage. Es muß 1905 gewesen sein: Julien erinnert sich, daß seine Eltern eines Abends von dem Tod eines Vetters benachrichtigt wurden, der bei einem Autounfall ums Leben gekommen war.

Was ihm zuerst und vor allem auffiel, war ein Reisekorb, der in großer Eile mit pharmazeutischen Präparaten vollgepackt wurde, um an die Unfallstätte befördert zu werden. Aber einige Jahre später wurde er auf eine Wallfahrt zu jener Kurve mitgenommen, wo der Wagen verunglückt war. Das Auto fuhr den gleichen Weg wie das des Toten. Die Landstraße zog sich in die Länge. Er lebte noch, als er an diesem Baum vorüberkam, den die Geschwindigkeit zurückwarf; er lebte noch an dieser Kurve. Er drückte auf den Gashebel vor dieser weiten, geraden Linie. Er fuhr schneller, noch schneller, jener Stelle dort hinten entgegen, die er schon sah, seinem Tod entgegen, von dem er nichts wußte. Noch ein wenig schneller. (Wie gut dieser Wagen läuft!) Noch schneller (fahren wir schon über hundert?)! Und dann dort, hier, eine Kurve, und der Wagen bäumt sich, überschlägt sich. Das Genick schlägt auf den grasbewachsenen Erdboden und dann nichts mehr. In der Nacht findet man ihn. Auf einem Leiterwagen wird er ins nächste Dorf transportiert. Er atmet noch. Julien hält vor dem kleinen Obelisken aus grauem Stein, der zum Gedächtnis an den Unfall hier errichtet worden ist. Er folgt jetzt der Straße, die der Sterbende fuhr, ohne sie je zu kennen. Die Bäume sind die Brüder derer, an denen er vorübergefahren ist; der Boden ist ebenso hell, und doch ist die Straße nicht ganz, nicht ganz genau die gleiche. Julien erinnert sich. Er hat es nie jemandem gesagt. Der Gewissensbiß ist ein Sklave, wenn man ihn im Mund behält. Ist er der Herr, wenn man ihn hinausläßt?

Angst hat er nicht. Er möchte sich großtun. Er wiederholt leise: »Das Leben eines Menschen zählt.« Gottes Gnade und sein Blick, die verfolgen und zuschlagen, werden ihm nicht zuteil.

»Ich pfeif' darauf, ein Mörder zu sein.«

Kann eine Verirrung der Sinne genügen, um einen Menschen zu verlieren, auf einen Schlag seinen Willen zu brechen, ihn ganz aus dem Gleichgewicht zu bringen? Der Wind, der den Regen ankündigt, der plötzlich die Bäume sich neigen, das Gras erzittern läßt, ist weniger schnell, weniger unerwartet als das Vergessen aller Dinge und seiner selbst. Gewissensbisse. Man kann nicht ertragen, einer zu sein, der das Leben zerbricht. Auch ein Kieselstein und das Feuer sind verantwortlich für den Tod.

Julien hat Angst. Das sind vielleicht die Gewissensbisse. Das Leben eines Menschen. Wer denkt noch daran, wenn es zu Ende ist? Wer denkt noch unausgesetzt daran? Die Ameisen vielleicht, die Toten, die unzähligen Toten der Ameisen? Wie viele? Das ist ihm gleich. Das Leben. Das Leben und der Tod. O Nebel der Zeit, einziger Trost derer, die leiden, und derer, die glücklich sind! Julien lächelt, und zärtlich beißt er sich in den Arm, in seinen Arm, dessen Adern er seit einem Augenblick betrachtet. Er beobachtet seinen Körper, der sozusagen neben ihm liegt. Er macht seine Bestandsaufnahme. Er versucht, sich aus größerer Entfernung zu sehen. Er zeichnet eine Persönlichkeit und stellt sie mitleidslos dar. Julien! Psst, Julien!

Julien ist ein charmanter junger Mann, sportlich, nervös, unbesonnen, leichtlebig. Er hat eine »amüsante« Lebensart, ein wenig Boheme. Er ist ein eitler Schriftsteller. Er führt ein flottes Leben. Das Schema wird deutlich. Die Methode der Polizisten ist identisch. Nase: gebogen. Mund: rund. Hautfarbe: gewöhnlich. Haare: blond. Stirn: gewöhnlich. Besondere Merkmale: keine. Das Porträt ist absolut nicht ähnlich, aber es befriedigt die Behörden. Julien sieht seinem Porträt ähnlich, das man in Eile von ihm entwirft und das endgültig wird. Aber in Wirklichkeit ist es der Sklave Julien, den man malt. Tief in ihm ist ein lebendiges Wesen. Das Leben. Das ganze Mißverständnis beruht auf der Logik.

Das Fieber schwächte ihn und zog eine Furche, die sein Wunschleben von dem seines Geistes trennte. Tief in sein Bett vergraben, hatte er nicht mehr das Bedürfnis, nach außen zu sein. Die Persönlichkeit kam neben seine Anzüge in einen Schrank. Man ließ ihn mit sich selbst allein; man forderte nicht mehr von ihm, Julien zu sein.

Er blieb derselbe. Nun, er blieb nicht derselbe. Er würde nicht lügen. Er wird alles und alles und alles sagen. Er wird das Geheimnis preisgeben.

Und dann wird man sehen.

5. Kapitel

Alfred klopft ganz leise an die Tür. Er streckt den Kopf ins Zimmer und ruft sanft: »Er ist da.« Julien macht eine Handbewegung: »Laß ihn herein.« Alfred tritt ein, von einem Schatten gefolgt, dem Vikar von Saint-Ferdinand-des-Ternes. Julien sieht ihn einen Augenblick an. Ihm wäre jemand lieber gewesen, der weniger deutlich sein Amt zur Schau trägt. Er sieht seine faden Augen, seine trockenen Lippen, die noch ein wenig aus dem Gebetbuch zu rezitieren scheinen. Weltmännisch besorgt Alfred die Vorstellung und zieht sich diskret zurück. Der Priester nimmt seinen Überrock ab, legt sein schwarzes Buch auf den Kamin und gibt sich eine gerade Haltung. Er scheint von riesigem Wuchs. Dann sieht er Julien an, der auf dem hageren Antlitz ein leichtes Erstaunen liest, diesen Kranken seinem Ende noch so fern zu sehen.

– Mein Sohn, sagt der Schatten, sprechen Sie, ich höre. Ich bin der Diener Gottes.

Julien hört, schweigt, denkt aber sehr intensiv nach. Er erinnert sich nicht mehr gut an das Geschehene. Er sucht. Nein, von seinem Sohn und von Estelle wird er nichts sagen... Diese Erinnerung will er unangetastet bewahren. Aber die andere Sache, die muß er erzählen. Darum hat er den Vorschlag seines Freundes angenommen. Und schon versucht er, diesem fernstehenden Menschen das Leben, das er beinahe vergessen hat, zu erklären und verständlich zu machen.

– Mein Sohn, unterbricht ihn der Priester, ich höre.

– Monsieur, fängt Julien zögernd an, ich muß lange zu ihnen sprechen... Jemand war gestorben. Ich rechnete auf dieses Leben, um leben zu können. Ich blieb allein. Ich wußte nur noch eins: Jemand, den ich liebte, war tot, und ich erwartete nichts mehr von den Tagen, die auf mich zukamen. Mir schien, daß ich diese Tage stahl. Ich kehrte zu meiner Mutter zurück, wo ich tat, was ich konnte, um in den Erinnerungen meiner Kindheit einen Sinn für die Zukunft zu finden. Ich blieb im Bett. Ich rauchte unablässig. Ich wagte nicht mehr, den Klang meiner Stimme zu hören. Die Fürsorge, mit der man mich umgab, machte mich rasend. Sobald ich in ein Zimmer trat, wurde die Unterhaltung abgebrochen, deren Gegenstand ich war. Um mich herum wurde geflüstert. Alle alten Freunde meiner Familie besuchten mich. Ich schickte sie fort, je nach Laune mit Brutalität oder mit Festigkeit. Ich konnte nicht mehr schlafen. Meine ganze Vergangenheit machte zu großen Lärm, Motorenlärm. Am Ende meiner Kraft faßte ich den Entschluß, alles zu zerstören, was mich an eine Tote band, die in mir lag wie einbalsamiert. Sorgfältig zerschnitt ich alle Bande. Aus Wut zerriß, verbrannte, verleugnete ich alles bis auf den Grund meines Selbst. Die Nächte verbrachte ich mit Ausmerzen. Die Unruhe, von der ich besessen war, wuchs. Man wollte mich gegen meinen Willen pflegen. Ich verschloß meine Tür. Man gab nicht nach. Ich schloß mich in dieses Schweigen und in diese Nacht ein, von der ich wußte, daß ich sie noch ein wenig lieben konnte. Ich suchte, ob noch etwas auszumerzen wäre. Man wollte mir Fragen stellen. Zorn stieg regelmäßig in mir auf. Die Tote verschwand. Ich glaubte mich allein.

Ich habe furchtbaren Durst, Herr Pater, könnten Sie mir das Glas dort reichen? Danke.

Ganz allein in meinem Zimmer, spürte ich das Bedürfnis, Porzellan zu zerschlagen und Leinwand zu zerreißen. Zu jener Zeit gab man mich auf. Ich hörte nicht mehr von mir sprechen. Und das war eine Erlösung. Ich beobachtete durch das Fenster die Metamorphosen der Nacht. Sobald ich die kalte Helligkeit bemerkte, die den Tag verkündet, stürzte ich mich auf mein Bett und schlief ein.

Eines Morgens sah ich den anbrechenden Tag. Jemand klopfte an meine Tür. Es war mein Pate. Er hatte bis zu jener Stunde meine Einsamkeit respektiert. Ich liebte ihn, weil er mich immer wie seinen Freund behandelte und nicht wie ein Kind. Wenn er mir jedoch Ratschläge erteilte, hörte ich ihm zu wie ein Kind, und ich gehorchte ihm fast immer. Er konnte befehlen.

– Guten Tag, begrüßte er mich beinahe geheimnisvoll. Was machst du?

Ich war erschöpft und antwortete unbestimmt.

– Zieh dich an und komm! Wir wollen eine Spazierfahrt machen.

Sein Auto stand vor der Tür. Es war kalt. Wir fuhren an den Gemüse- und Milchkarren vorüber, die den Tag mit Lärm von altem Eisen verkünden. Die Vorstadt. Man denkt an Saaten, an hohe Pappeln und findet ein schmales, kleines Feld, zerfurcht und verwüstet, voll mit Steinen und alten Lumpen. Was besonders auffällt, sind verrostete Konservenbüchsen, niedrige, villenartige Häuser, kleine Gärtchen...

Mein Freund fuhr schneller. Die Bäume umarmten einander, so tief neigten sie sich. Der Wind hob uns empor; Tausende von Steinchen peitschten unsere Gesichter, die zu Masken erstarrt waren. Ruhe in der Bewegung. Diese Unbeweglichkeit fordert die Wut heraus und den Durst nach Erlösung. Schnelle Fahrt bis zum Horizont. Die Zeit schien Sklave des Raums. Zwei Stunden, länger als eine Nacht ohne Schlaf. Wo der graue, schuppenbedeckte Strom endet: Rouen. Hinter der Wolkenstadt klettern wir einen Hügel hinauf, zu einem Abschied oder einem Verzicht. Er kannte diesen Weg. Er folgte der Straße, wie man eine Lektion herunterleiert. Nie zögerte er. Und diese Sicherheit beunruhigte mich.

Wir hielten vor einem Schloß. Tote Jahreszeit: war es das Ende des Herbstes, der Anfang des Frühlings? Das Jahr scheint immer zu zögern, und ich erinnere mich nur an dieses Zögern. Die große Allee, dieselbe große Allee. Die Bäume bildeten einen schweigenden Bogen von Frische und Schatten. Eine Glocke wurde geläutet, sehr laut. Hunde bellten. Ich hatte nie von diesem Schloß gehört, das sofort und selbstverständlich »sein Schloß« für mich wurde.

Plötzlich war ich ihm böse. Ein Mann in einem langen schwarzen Gehrock erwartete uns am Eingang. Mein Freund drückte ihm die Hand und verlangte die Schlüssel. Fensterläden klappten. Ich folgte ihm Schritt für Schritt, ohne etwas zu sehen, ohne etwas zu betrachten – ich tat wie er.

Plötzlich hört Julien sich sprechen. Er wundert sich über all diese Worte, die über seine Lippen quellen wie Blut. Er entschuldigt sich. Er zuckt mit den Achseln. Er lächelt: »Pardon«, sagt er. Dann beeilt er sich und wirft sich Hals über Kopf in den Strom seiner Worte.

– Er ließ mich allein in einem großen Zimmer, hell wie eine Laterne. Ein Geruch von Stille, ein fader Geschmack und das Geräusch eines Holzfeuers, das flüstert und zischt. Schwer von all der Geschwindigkeit, von all dem Wind, setzte ich mich in einen großen Sessel, nahe am Fenster. Das Geknister des Feuers machte mich nervös. Man mußte auf die Nacht warten, um es zu lieben.

Das Schloß lag am Ufer der Seine. Man »sah« das Geräusch des Flusses, der aus dieser Entfernung unbeweglich schien. Am anderen Ufer erkannte ich Villequier, das für mich eine wunderbare Erinnerung blieb, so blendend, daß allein der Name dieser Landschaft mich grausam schmerzte. Die Kilometer, die wir zurückgelegt hatten, glitten noch mit dem Geräusch eines Wasserfalls an meinen Ohren vorüber. Ich warf meine Handschuhe, meine Mütze und meinen Mantel weit fort, als wollte ich mich von der Umklammerung der Luft und des Lärms befreien. Ich schloß die Augen. Die Bäume stürzten mir entgegen, und die Straße rollte sich in meinem Kopf zusammen. Sogar die Stille des Zimmers verstärkte das Gedächtnis meiner Glieder und meiner Haut. Ich saß in einem Sessel, und als ich meinen Kopf anlehnte, bemerkte ich eine Fotografie: ein bärtiger Mann, mager, mit traurigen, von Müdigkeit umschatteten Augen, den Rücken gebeugt, die Hände geballt, nicht aus Zorn, sondern aus Angst. Mein Freund. Diese Silhouette erstaunte mich wie ein Spiegel. Dieses falsche Wiedererkennen, diese kalkulierte Überraschung seinem Spiegelbild gegenüber, reizte mich, dieses von der Zeit verblichene Bild zu betrachten. Ich fiel um vor Müdigkeit; mein Kopf war schwer, als ob der ganze atmosphärische Druck, einer unsichtbaren Keule gleich, mir einen schweren Schlag versetzt hätte.

Im Augenblick, da etwas wie Scham meine Müdigkeit besiegt hatte, klopfte es an die Tür. Ich wollte aufstehen, die notwendigen Bewegungen machen, um das Netz zu zerreißen, mich recken, gähnen, hin und her gehen. Es wurde Tee serviert, und mein Freund goß ein, ohne etwas zu sagen, nicht einmal die üblichen Worte: »Zucker?... Milch?...« Gewissenhaft sagte ich »danke«. Warum erschien mir in jenem Augenblick diese Einzelheit, diese Anstrengung wie ein Kraftbeweis? Es lastete offenbar auf diesem Zimmer eine zu große Schwere und Trägheit. Das Schweigen webte Furcht und Verlegenheit. Ich verglich die verschiedenen Gesichter dieses Greises: das Gesicht neben mir, das die Augen schloß, das auf der Fotografie neben dem Fenster und alle anderen unbekannten, die ich in der Menge der Tage und der Erinnerungen unterschied. Ich hätte fragen müssen, aber ich blieb stumm. Und ich dachte: Villequier... Villequier?... Ist es das Ende von etwas? Ist es der Tod, der endgültig die noch fühlbaren Bande zerreißt?... Ist es die Verzweiflung am Rande eines Abgrunds?

Ich sah den Mann mir gegenüber an, der immer noch die Augen geschlossen hielt. Ich konnte auf seinem Gesicht keinen Gedanken lesen. Er ließ sich wiegen. War denn alles, was mir traurig erschien, nur traurig für mich? Die Stimmung dieses Zimmers offenbarte sich mir, gehörte mir... Ich war Herr des Schweigens. Ich betrachtete diesen Greis. Falten auf der Stirn, die Haut gelblich und trocken, die Zähne verfärbt; seine Hände könnte man für tätowiert halten. Dieser Greis würde ich sein; er war ich.

Mein Freund verstand nicht. Er hatte das Unrecht, nicht zu verstehen und nicht zu wissen. Er glaubte mich von einer Besessenheit geheilt und bemühte sich, sie vollständig zu beheben. Er sprach den ganzen Tag von sich, von seinen Reisen. Das tat mir weh und erbitterte mich. Er setzte sich mit mir auf eine Bank am Flußufer.

Ein großer Schlepper fuhr geräuschlos die Seine aufwärts. Er sah aus wie ein riesiger Vogel. Schon war er vorüber. Im hereinbrechenden Dunkel, im aufsteigenden Nebel sah ich, wie die Tür des Hauses, in dem ich gewohnt hatte, sich öffnete; eine Frau am Arm eines Mannes trat heraus. Ich stand auf, entschlossen, zu flüchten. Mein Freund ergriff mich am Arm; ich kämpfte, aber er wollte mich nicht loslassen. Da warf ich ihn mit einem Stoß meiner Schulter in den Fluß.

Von seinem Griff befreit, lief ich in mein Zimmer. Ich schloß die Fensterläden und die Vorhänge und dachte, am Fenster sitzend, an die Abende in Villequier, in dem weißen Haus mit der Tür, die ein wenig knarrte.

Stunden vergingen. Jemand klopfte an meine Tür. Es war der Mann im Gehrock, der mich fragte, wo sein Herr sei. »Ich weiß nicht«, erwiderte ich, »ich warte auf ihn.«

Eine Stunde später kam der Mann zurück. In jenem Augenblick hatte ich nur das Gefühl, mich zu langweilen. Man suchte mehrere Tage. Die Polizei, die gerufen worden war, stellte eine Untersuchung an. Man fand den Leichnam meines Freundes eine Woche nach seinem Tode. Ich wurde nach Rouen als Zeuge vorgeladen. Man konnte nicht vermuten, daß jemand, der so traurig, so niedergeschlagen war wie ich, einen Menschen ins Wasser werfen könne. Das wäre nicht logisch, und ich wurde nicht einmal verdächtigt. Ich bin nie auf den Gedanken gekommen, mich zu stellen. Auch das war nicht logisch. Man schloß auf einen Unfall, und ich war beim Begräbnis zugegen.

Julien schweigt. Der Priester steht auf, um das elektrische Licht anzuzünden. Julien, geblendet, führt seine Hand vor die Augen.

– Weinen Sie nicht, mein Sohn.

Julien fühlt, daß er errötet. Er sieht den Priester an, der schweigend tut, als bete er.

Es ist zu Ende, und Julien wartet auf das, was jetzt geschehen wird. »Es geschieht nie etwas«, denkt Julien. »Dieser Mann hat sicher ganz andere Geschichten gehört.«

– Mein Sohn, Gottes Barmherzigkeit ist unendlich. Bereuen Sie aufrichtig und bis auf den Grund Ihres Herzens Ihre Schuld. Ich werde Ihnen Absolution erteilen.

Der Priester schließt die Augen, streckt die Hand aus und ruft plötzlich: »Amen!« Es ist zu Ende... Wieder breitet sich ein verlegenes Schweigen aus. Aber der Schatten hat nach seinem Überrock und seinem Hut gegriffen und verspricht in unbestimmten Worten, wiederzukommen.

Man hört Stimmengeräusch, eine Tür, die sich schließt, und Alfred, auf Fußspitzen, kommt leise zurück. Er sieht Julien prüfend an. Er drückt ihm die Hand, und wieder wird es still. Adele, die heute die Nachtwache übernommen hat, hantiert in der Küche mit einem Haushaltsgerät.

Er hat gestanden, und nichts ereignet sich; das gleiche Schweigen, das gleiche Herzklopfen. Mühelos kann er den Besuch dieses Priesters vergessen, und alles ist am gleichen Platz. Er allein kann das beurteilen. Aber er versteht nicht. Und die von den Worten getöteten Erinnerungen fliegen in einer Wolke des Vergessens davon. Estelle, Villequier, die Seine... Also sind Gebärden völlig unwichtig, völlig bedeutungslos. In jeder Sekunde kommt ein Mensch, stirbt ein Mensch. Man kann sich selbst nicht entgehen. Was würde dieses Leben sein, wenn Julien für alle nur ein Mörder wäre? Ein Irrenhaus wäre zweifellos ein sicheres Obdach.

Wird er sich jemals selbst kennen?

Eine Uhr schlägt die Stunde. Julien errät sie. Er überzeugt sich wenigstens davon, sie zu kennen. Die Stunde des letzten Willens. »Man muß immer schreiben. Ich nage an diesem Bleistift wie immer, ich reibe mir die Stirn wie gewohnt. Mein Herz schlägt immer in der gleichen Weise, vielleicht ein wenig schneller, vielleicht ein wenig unregelmäßiger, aber in meinem Kopf jagen sich immer die gleichen Gedanken, ohne sich je zu erreichen. Welche Qual, zwei Gedanken nicht in der gleichen Sekunde zusammenfassen zu können! Und doch liebe ich diese Ruhe zum ersten Mal, und auch zum ersten Mal ertrage ich leicht, ja sogar mit einem gewissen Vergnügen, diese Einsamkeit. Das kommt vielleicht daher, daß es zum letzten Mal ist. Schreiben wir.«

Wenn Julien Mut fassen will, spricht er zu sich wie ein Präsident der Republik, wie ein Papst, in der ersten Person Mehrzahl. Er nimmt seinen Monolog wieder auf: »Schreiben wir...« Aber heute abend kann er nur Briefe schreiben. Er beginnt:

Meine liebe Mutter,
In Villequier lebt ein Kind, das ist mein Sohn. Er soll mir sehr ähnlich sehen. Besuche ihn einmal bei Monsieur und Madame Mi-

non in Villequier. Wenn er sein Abitur macht, lade ihn zum Essen ein. Liebe ihn, wenn Du kannst, aber aus der Ferne.
Seine Mutter, die ich unendlich liebe, ist tot. Beruhige Dich, sie stammt aus einer durchaus ehrbaren Familie. Lebe wohl.

»Wie trocken dieser Brief ist«, gesteht sich Julien. »Aber ich kann nichts dafür. Ich kann meiner Mutter nicht mein ganzes Leben erklären. Sie ist meine Mutter, sie würde nicht verstehen ...«

Alle diese Vorbereitungen haben Julien endgültig von seiner Krankheit überzeugt. Er will nicht einmal mehr an seinem Ende zweifeln. Er hat sich damit abgefunden, und doch fühlt er sich physisch nicht sonderlich schlapp. Also was? Man kann es nur akzeptieren. Julien bemüht sich um Fassung. Er trinkt einen Grog, den Adele ihm bringt. Sie zieht die Laken gerade, schüttelt das Kopfkissen. Es ist kühl. Alles ist bereit für die lange Meditation der Nacht. Er wird an seine ganze Vergangenheit denken.

Er schläft ein.

Er schläft, dann wacht er auf. Die Nacht ist greifbar nahe. Er sieht im Geiste die ganze Familie seiner Gewohnheiten. Man glaubt, die Spuren früherer Stunden zu sehen, den Besuch der Freunde am vorigen Tag. Da ist kein Platz mehr für einen selbst.

Julien erwacht aus Gewissenhaftigkeit. Sein Denken bewegt sich tastend. Zuerst besuchen ihn die, die er zuletzt gesehen hat. Alfred und seine Gaunerstimme, sein schlechter englischer Akzent. Was macht er in diesem Augenblick? Er sitzt im Licht einer Bar beim Klang der unentbehrlichen Jazz-Musik. Mit verstörten Augen sieht er die Paare sich drehen und in seinem Whisky-Glas widerspiegeln. Die gewohnten Gäste treten einer nach dem anderen ein. Alfred grüßt sie mit einer schmerzhaften Handbewegung. Er sieht so gelangweilt aus, daß er gewiß gleich einschlafen wird. Er löst sich in Dunst auf. Julien fragt sich, ob Alfred wirklich an Gott glaubt: »Wie leichtfertig ich bin«, denkt Julien, »nie habe ich mit ihm über Gott gesprochen. Wie kann er mit seinem Leben einverstanden sein? Ob er dumm ist? Er ist jedenfalls katholisch und nationalistisch.« Dieser Gedanke beunruhigt den Kranken.

Auch Berthe wartet auf bessere Zerstreuung. Gewiß näht sie, während sie an seinem Bett sitzt; nein, sie poliert sich die Nägel mit einer solchen Sorgfalt, daß sie dabei die Zunge herausstreckt. Sie denkt an nichts Besonderes. Ein Jüngling oder ein Greis wird sie nachher abholen. Sie gehen beide ein Gläschen trinken und warten bis sie müde werden oder Lust auf Beischlaf haben.

Arme Mutter! Sie macht ihre Abrechnungen, ruft die Köchin, um das Menü zusammenzustellen. Morgen ist Empfang bei ihr, und es muß ein ausgezeichneter Nachmittagsimbiß vorbereitet werden. Ein guter Napfkuchen, eine Torte von Colombin, Tee und Schokolade. Die Frau des Handelsgerichtspräsidenten wird kommen. Die Stunden vergehen schnell. Guten Abend, Amelie.

Die Toten sind nicht zugegen. Ihr Name läßt sie für eine Sekunde wieder aufleben in einer so fernen Vergangenheit, daß sie nur noch Erinnerungen sind, bleich wie Staub. Man muß sie vergessen, wie man die Lebenden vernachlässigt.

Julien ist nicht entmutigt. Er stellt Fragen an den immer stummer werdenden Schatten. Stunden mit Schweigen verbinden, indem man alles, was zum Denken zwingt, fernhält, alles, was die Erinnerung bewegt, alles, was die Phantasie eines Kranken aufpeitscht, der glücklich ist über seine Einsamkeit und nicht an morgen denkt. Er gibt sich dem Egoismus des Armen hin, der Hunger hat und sein ganzes Leben von anderen erwartet.

Julien dreht sich im Kreise. Er läßt Gesichter an sich vorüberziehen. Leben ohne Bindungen und die doch angekettet scheinen. Eine Runde zieht wieder und wieder vorüber, ohne Geräusch. Etwas ist verändert: er war nicht mehr gewöhnt zu denken. Er wird unruhig, er fürchtet sich. Aber die Strömung ist zu stark. Im Lichte der Schlaflosigkeit wird alles übertrieben oder gleichgültig. Heute nacht ist alles wie Milch, beinahe grau. Wenn man im Bett liegt, zuckt man nicht mit den Achseln. Man stellt die Leere fest, die automatisch die armen Gegenstände verschlingt, die man festhalten möchte. Zuweilen gähnt man.

6. Kapitel

39.5 39.7, 39.9, 39.8, 39.9, 39.9, 40 Grad Fieber. Julien liegt im Sterben. Alle wissen es. Alle, das sind augenblicklich nur seine Mutter, eine Freundin, zwei Freunde und Berthe. Die anderen haben Wichtigeres zu tun. Julien weiß es gut, aber er scheint sich deshalb keine Sorgen zu machen. Was er wünscht, ist, nicht mehr zu leiden. Er sagt zu dem Arzt: »Ich finde es ungerecht, daß das ganze Leiden sich auf ein Wesen wirft. Man soll mich wenigstens ruhig sterben lassen.« Sterben scheint ganz einfach: es ist so schnell geschehen. Aber alle sind hartnäckig, die Lebenden wie die Sterbenden. Über den Gesichtern schweben Trübsinn und Ergebenheit. Julien ist traurig, nicht, weil er das Leben verläßt, sondern weil alles, was ihn umgibt, ihn schon verlassen hat. Er hängt an nichts mehr. Wenn der Schmerz ihm eine kurze Atempause läßt, betrachtet er die Gegenstände, an denen er zu hängen glaubte. Und da Alfred heute abend bei ihm ist, sagt er zu ihm: »Ich schenke dir meine Bücher. Du kannst damit machen, was du willst. Wenn du kein Geld hast, verkaufe sie, anstatt Schulden zu machen. Einige sind sehr selten. Sie sind mir furchtbar zuwider! Welch eine Last in meinem Leben! In meinem Leben!... Es ist komisch, jetzt darüber zu sprechen. Verbrenne sie, wenn du willst, ich mache mir nichts daraus. Ich freue mich sogar darüber. Sie haben mir so viel Böses getan. Ich glaubte, sie wären meine Freunde. Lächerlicher Irrtum! Ich schenke dir meine Manuskripte. Das ist ein schönes Geschenk, weißt du, Alfred! Ich habe viel geschrieben. Das ist so zwecklos. Ich habe meine Zeit verloren. Ich war überzeugt, daß ich etwas zu sagen hätte, aber ich habe nichts zu sagen. Man stellt sich etwas vor, dann überzeugt man sich, daß man schreiben müsse. Zuerst fragt man sich gewissenhaft: Warum? Man antwortet nicht, man wartet und glaubt, daß man die Antwort finden wird, wenn man weiter schreibt. Das wäre zu einfach. Bald, schneller als man glaubt, wird es zur Gewohnheit, und man schreibt soviel man nur kann. Ich glaube, das ist völlig idiotisch, ich bin dessen sogar sicher. Ich hatte nicht einmal die Entschuldigung, meine Literatur zu verkaufen...« Julien hustet und seine Stimme wird rauh. Der immer eifrige Alfred bringt ihn zum Schweigen, legt das Kopfkissen zurecht, reicht ihm zu trinken.

Julien spricht weiter:

– Schreiben, mein armer Freund, ist eine Manie, eine schmutzige Manie. Es ist eine Art, sich zu bespiegeln und zu bewundern. Man wagt nicht zu sagen: ›Ich bin ein hübscher Bursche‹, aber man gesteht sich: ›Ich habe großes Talent oder Genie‹, und man zwingt die anderen, es zu sagen. Das bereitet einem viel Schmerzen. Man leidet nämlich, wenn man eitel ist, weißt du, Alfred. All die kleinen Wunden tun schließlich weh, und man verliert viel Blut. Manchmal ist man schwach. Man nimmt den Kopf in die Hände und stellt mit Bitterkeit fest, daß alles das ein lächerlicher Irrtum ist, ein lächerlicher Irrtum! Ich verbiete dir, zu schreiben, Alfred! Durch diesen Befehl erschöpft, bricht Julien zusammen, und sein Kopf sinkt müde und matt zurück. Er verlangt zu trinken, ruht sich kurze Zeit aus und fährt fort:

– Ich gebe dir alles, was ich habe. Meine Anzüge, jawohl, mein Lieber. Nimm meine Anzüge mit. Wie elegant du sein wirst! Aber werde nicht übermütig: du wirst auch lächerlich sein. Ich bin furchtbar lächerlich gewesen mit meinen Krawatten und meinen Spazierstöcken. Überlege dir das, Alfred, es ist idiotisch. Verkaufe auch meine Anzüge, verkaufe alles.

Alfred protestiert:

– Mein lieber Julien, beruhige dich. Nehmen wir an, du schenkst mir deine Anzüge: ich würde sie zur Erinnerung an dich aufbewahren. Aber mache dir keine Sorgen, du wirst deine Anzüge bald wieder tragen!

– Zur Erinnerung... höhnt Julien. Erinnerungen, die kenne ich. Das ist auch etwas, was weh tut. Wenn ein Tag ein Datum wird, bleibt man Sklave eines Wortes, einer Gebärde, irgendeiner Empfindung. Plötzlich und ohne Widerstand ist man besiegt, und man muß der Erinnerung gehorchen. Man muß zurückbleiben und sich den geringsten Einzelheiten gefällig erweisen. Man muß bedauern. Gut oder schlecht, Erinnerungen haben immer einen bitteren Beigeschmack. Wie mutwillig sagt man sich: ›Damals...‹ Die Greise verbringen die Zeit, die sie noch vom Tode trennt, mit Worten wie: ›Zu meiner Zeit...‹ Es ist dumm, was ich sage, mein Lieber, aber es ist so wahr. Man soll sich meiner nicht erinnern, ich flehe dich an! Ich befehle dir, mich zu vergessen und Schweigen um meinen Namen zu fordern.

Julien schweigt. Alfred sucht nach tröstenden Worten:

– Mein armer Freund, aber man wird dich nicht vergessen können. Du bist ja schon berühmt. Dein Ruhm...

Das ist zuviel; der Sterbende unterbricht ihn.

– Der Ruhm... (er hustet). Es gibt keinen Ruhm. Das sind auch nur Erinnerungen. Aber nicht wirklich Ruhm. Wieder etwas, was nicht existiert. Das reimt sich mit Sieg.* So viele Leute sind vergessen worden, die mehr wert sind als manche, die in der Erinnerung der Menschen leben. Von Zeit zu Zeit gibt es Leute, die fabrizieren Ruhm für die anderen, und dann zerbröckelt er langsam. Es gibt keinen absoluten Ruhm, stimmt's? Also!

Julien spricht zu viel. Allmählich fühlt er, daß sein Blut langsamer fließt, er hustet öfter. Er kann sich nicht mehr rühren. Er denkt nach, und Alfred sieht ihn an. Julien bittet um

* Im Französischen: gloire (Ruhm) – victoire (Sieg).

Schreibzeug, und mit großer Mühe bringt er seinen letzten Willen zu Papier.

»Ich will nicht, daß man nach meinem Tode an mich denkt. Ich will nicht, daß bei meinem Begräbnis gesungen wird. Ich will frohe Blumen auf dem Sarg: ich will Kapuzinerkresse. Es ist unerläßlich, daß alle Papiere, die sich in meiner Wohnung befinden, ungelesen verbrannt werden. Man soll mich endgültig vergessen. Am Rande des Todes scheint mir, daß nachher meine Ruhe gestört würde, spräche man noch von mir. Es sollen auch alle Bücher, die ich veröffentlicht habe, zerstört werden. Zu diesem Zweck vermache ich meinem Freund Alfred Ballin eine Rente von 2000 Franken. Diese Summe ist für den Rückkauf aller Bücher bestimmt, die unter meinem Namen erschienen sind.«

Julien ruht. Er ist entspannter. Durch die geschlossenen Vorhänge hört man Schreie auf der Straße. Leute, die sich streiten? Leute, die sich etwas zurufen? Dann breitet sich wieder Schweigen über die Nacht. In Juliens Zimmer ist es endgültig still. Alfred lauscht. Juliens Atem geht pfeifend. Alfred ist beunruhigt; sein Herz schlägt. Er fragt sich voller Furcht: »Wird Julien sterben?« Und er hat Angst. Was soll er tun, wenn... Er wagt nicht, seinen Gedanken zu Ende zu denken. Er fühlt sich allein, furchtbar allein. Er blickt auf die kleine Flamme des Nachtlichts, die in einer Ecke zittert und Ringe auf die Decke wirft wie ein geschickter Raucher. Das verschleierte Licht erzeugt Geknister im Schatten, wehenden Staub. Ein Vorhang bewegt sich unter dem Einfluß einer unsichtbaren Hand. Julien fährt fort, seltsam zu pfeifen, und Alfred spricht sich Mut zu: »Nein, das ist unmöglich, heute nacht stirbt er nicht. Er ist noch so lebendig. Er spricht; sein Geist ist klar, zu klar sogar.«

Plötzlich schlägt eine Kirchenuhr. Ist es die volle oder die halbe Stunde? Und von welcher Stunde die halbe? Alfred wagt nicht, nach seiner Uhr zu sehen, weil Julien mit halb geschlossenen Augen daliegt, und er will nicht den Eindruck erwecken, sich zu langweilen. Er rührt sich nicht und öffnet die Augen, so weit er nur kann, um nicht einzuschlafen. Er möchte über den baldigen Tod Juliens Mitleid empfinden, aber er kann nicht traurig sein. Tausend Einzelheiten, die er in dem Zimmer deutlich wahrnimmt, hindern ihn daran: da hängt ein Bild nicht gerade, der Aschenbecher dort hat einen schartigen Rand, die Tasse da hat einen Sprung. Alfred betrachtet lange den Titel eines Buches. Er lernt ihn auswendig: ›Der ewige Schlaf‹. Er liest, fast flüsternd, und wundert sich über diese zusammenhängenden Worte, ohne ihren Sinn zu verstehen. Alfred senkt den Kopf: er möchte sehr traurig sein. Er wäre glücklich, wenn Tränen über seine Wangen liefen. Trotz aller Mühe und zweifellos wegen dieser Mühe geht es nicht. Sein Geist folgt anderen Lockungen. Da ist zunächst sein eigenes Zimmer, das er für diese eine Nacht verlassen hat, dann seine Freunde in der kleinen Bar. Er sieht das Licht neben der Kasse, das gepuderte, geschminkte Gesicht von Klein-Loulou. Und seine gesenkten Augen starren eigensinnig auf das Gewebe seines Anzugs. Julien unterbricht Alfreds Gedanken, da er zu trinken verlangt. Während Alfred den Kopf seines Freundes stützt und das Glas an seine Lippen führt, freut er sich innerlich über diese notwendige Tat. Dann fällt alles ins Schweigen zurück. Alfred öffnet die Augen. Zwei Schläge ertönen von der Kirchenuhr. Geräusch von Schritten auf der Straße, Schritte, die das Trottoir schlagen, deren Echo zurückschallt und die sich langsam entfernen, so langsam, daß man sie zählen kann.

Die Nacht geht vorüber. Die Stunden ziehen langsamer und langsamer vorbei, der Schatten wird tiefer und tiefer. Julien findet sie ebenso lang wie Alfred, diese so schwarze Nacht, die dennoch eine der letzten Nächte ist, die ihm zu leben bleibt. Er sucht nicht, sie aufzuhalten; er möchte sie sogar mit aller Kraft von sich stoßen, diese Nacht, die sich in seine Augen, in sein Gehirn und in seine Brust einschleicht; er möchte sie von sich reißen, weil sie sich auf seine Haut klebt. Er ballt die Fäuste, um sie zu fassen und sie weit von sich zu schleudern, und entschlossen starrt er das Nachtlicht an, das sich in seiner Ecke langsam verzehrt, aber das die Nacht besiegt. Julien blickt auf das kleine Glas, das er damals kaufte, als er sich in der Rue du Colonel-Moll einrichtete. Er erinnert sich an den Laden, an den albernen Verkäufer, der die Haltbarkeit dieses Artikels rühmte, er sieht sogar seinen kokett hochgezwirbelten Schnurrbart.

Aber die Nacht wird noch lastender. Gegen die Scheiben des geschlossenen Fensters drückt sie mit aller Kraft. Nur die winzige Flamme, die ganz winzige Flamme steht gegen sie auf, zittert von Zeit zu Zeit, wird größer und löst sich in Rauch auf. Julien starrt auf diesen Schein wie auf die Zeiger einer Uhr. Er ist länglich und wirft ein simples gelb und rosa Licht auf die Möbel, auf eine Ecke des Tisches, von dem alle Papiere Juliens vertrieben sind. Man hat auf diesen Arbeitstisch ein weißes Tischtuch gebreitet, um dort alle für den Kranken notwendigen Gegenstände hinzustellen.

Die Nacht vergeht und das Öl nimmt ab. Die Flamme in dem Glas senkt sich, wird kleiner, und das Licht, das sie verbreitet, nimmt mit jeder Minute ab. Vorhin erleuchtete es noch den Rand der Decke, aber jetzt ist es aus: das Licht berührt kaum noch den oberen Teil der Wand, wo es Fransen bildet. Julien vergißt seinen Freund. Er denkt an sich. Er möchte um Hilfe rufen, und in der Hoffnung, dieses mitschuldige Schweigen einen Augenblick zu unterbrechen, wird er wieder zu trinken verlangen. Er wartet noch, um diese Unterbrechung verlängern zu können. Er bemüht sich, gegen seinen Wunsch zu kämpfen, um ihn heftiger zu machen. Es schlägt halb. Er wird bis 300 zählen. Aber er zählt bis 410, dann bis 500, und schließlich verlangt er Wasser.

– Glaubst du an Gott? ruft Julien plötzlich.

– I beg your pardon, sagt Alfred, der, halb eingeschlummert, schlecht gehört hat.

– Ob du an Gott glaubst, wiederholt der Kranke.

– Ja.

– Glaubst du ans Vaterland?

– Ja, erwidert Alfred ernst.

Julien will sprechen, fragen. Er ist zu schwach.

Man muß weiter wachen, muß warten bis die Fenster bleich werden, bis ein matter Schein durch den Vorhang dringt. Der Kranke und sein Wärter warten weiter, immer weiter. Sie können nicht mehr denken, weder der eine noch der andere. Eine absolute Zwecklosigkeit macht sich breit. Es muß etwa halb vier sein, genau der Augenblick, da alles wieder aufs Spiel gesetzt wird, da man den Schlaf wählt, da die Frische der Nacht endlich spürbar wird. Aber schon naht der Morgen, den man nicht mehr erwartete. Sein bleiches Licht, seine mitleidlose Langsamkeit enttäuschen.

Gegen acht Uhr kommt Juliens Mutter und findet Berthe, die leise weint, am Krankenbett ihres Sohnes. Berthe ist unkenntlich, ungepudert. Sie sieht aus wie ein kleines Mädchen, das die Kleider ihrer großen Schwester stibitzt hat. Sie hält den Blick auf ihren armen Freund gerichtet. Sie errötet, als sie seine Mutter sieht; sie flüstert undeutlich Entschuldigungen und verläßt den Platz neben seinem Bett. Juliens Mutter reicht ihr sehr steif die Hand. Sie ist so erregt, daß sie hinzufügt: »Guten Tag, mein armes Kind.« Alles wird im Flüsterton gesagt. Alfred gibt halblaut seinen Bericht. Juliens Augen blicken ins Unbestimmte. Man kann nichts weiter tun als auf den Arzt warten. Er muß bald kommen, aber bei einem Kranken, der im Sterben liegt, ist nicht viel zu tun. Man wartet schweigend, als halte man bereits die Totenwache. Endlich klingelt es: das ist er. Durcheinander. Julien hustet.

Der Arzt ist fortgegangen, ohne viel Hoffnung zu lassen. Nachdem er fort ist, bemüht sich jeder, wie ein aufgescheuchter Vogel, das Schweigen zurückzurufen. Überall löscht man das Licht und läßt in jedem Zimmer nur eine

Birne brennen: ein blutarmes, verblühtes rosa Licht herrscht in der Wohnung.

Es ist fünf Uhr abends, und das erlöschende Tageslicht will noch kämpfen. Nur das Zimmer ist wirklich still, wirklich dunkel. Juliens Mutter sitzt einige Schritte vom Bett entfernt; dicht neben ihr sitzt Berthe auf einem niedrigen Stuhl und weint; in einen fußlosen Sessel hingesunken, schüttelt Alfred langsam den Kopf.

Julien, wenn er die Augen öffnet, lächelt beim Anblick dieses mörderischen Spiels. Dann, als hätte das Fieber ihn besiegt, läßt er den Kopf nach hinten sinken, öffnet den Mund und atmet pfeifend. Seine Mutter will nicht fortgehen, Berthe kann es nicht, und Alfred wartet.

Eine schweigende Stunde geht vorüber. Dann hört man ein kurzes Gebrüll, ein Knurren. Julien spricht. Die Worte sind entstellt. Er deliriert:

»Ich bin auf einem hohen Berg, ich weiß nicht, wie er heißt. Ich bin oben auf der Spitze, dort liege ich wie auf einem Stahldraht. Im Tal sehe ich Kreise aus Schatten und Licht. Ich erkenne einen Garten, ein Haus, ein Zimmer: das Zimmer, wo ich geboren bin. Ein Vorhang aus Holzperlen, japanischer Art, in der Mode von 1890, läßt das Licht hindurch, das ich zum ersten Mal erblicke. Die Wände sind mit einer Art von Packleinwand tapeziert. Darauf mit Nadeln befestigte alte, von der Sonne vergilbte und von der Feuchtigkeit geworfene Fotografien. Ein Ziertischchen Louis-Philippe, ein Wandschirm aus Leinenpapier mit Störchen bevölkert, ein schwerer, auffälliger Schrank. Ein Geruch von feuchter Sackleinwand schwebt in der Luft. Es ist warm; Ende Juli. Mein Vater stößt die Gartentür auf. Ich höre das bekannte Geräusch der Türangel. Er geht die Gartenallee hinauf, betrachtet die Begonienbeete und die Jasminbüsche. Er steht vor dem Haus und ruft: ›Da bin ich!‹

Dieser Garten: der weite, grüne Rasen, Unterschlupf für

Mücken und Kröten, diese Bäume, die mir abends angst machten, diese dichten Gebüsche, wo ich Indianer oder Cowboy spielte, je nach Laune... Jemand geht auf dem Kiesweg. Da ist der Springbrunnen, den ich liebte. Ich machte lange Rinnsale, Dämme. Ich höre das Wasser fließen. Ich schäme mich, wieder völlig durchnäßt zu sein, ›wie Brot in der Suppe‹. Schnell suche ich einen Sonnenplatz, damit ich wieder trocken werde und Vorwürfen entgehe. Ich warte und sehe einen Ameisenhaufen. Ich finde ihn jedes Jahr unter dem gleichen Baum wieder. Zuerst beobachte ich, aber bald muß ich den Lauf dieses Insektenstromes umleiten. Ich verstopfe den Ameisenhügel und vermehre die Hindernisse. In einem anderen Kreis sehe ich den Hof des Gymnasiums. Die Statue der Jungfrau und ihr Piedestal. Ich bin gefallen, und meine Stirn trägt noch die Narbe der Wunde. Die großen wintertoten Bäume sind Gitterstäbe. Da ist eine große efeubedeckte Mauer, eine Tür, die sich nie öffnet. In einem großen Gebäude, in einem traurigen, gasbeleuchteten Saal, steht noch mein Pult. Ich neige mich darüber: es ist eine lateinische Übersetzung. Ich feuchte meine Finger an, um das Wörterbuch umzublättern, aber der Geruch von Staub, Tinte und Gas nimmt mir den Mut.«

Juliens Mutter steht auf, legt ihre Hand auf seine Stirn. Sie bietet ihm zu trinken wie einem Vortragsredner. Julien trinkt, hustet, trinkt. Das Fieber bringt ihn auf. Er muß weitersprechen:

»Andere Kreise, da sind noch andere Kreise. Große Züge warten, Waggons aus lackiertem Holz und Kupfer. Abteile wie Gefängniszellen. Eine Stadt, eine andere Stadt. Die vielen Kilometer! Ich kann sie nicht mehr sehen. Ich ersticke!«

Ein Komplott wird geschmiedet: muß man nicht den Arzt rufen? Es klopft an die Tür. Adele bietet aus Neugierde ihre Dienste an. Sie horchte an der Tür.

»Ich bin immer noch in diesem Gymnasium, das gebaut

wurde, um die Freude zu unterdrücken. Große, feuchte Flecken bedecken die Wände. Kühle und mit Schimmel verzierte Keller dienen als Speisesaal. Ich ersticke. Alle diese Köpfe um mich herum: ich erkenne sie alle, ich nenne sie beim Namen. Warum wollen sie sich nicht ruhig verhalten? Ich sehe diesen dicken, bleichen, gedunsenen Kopf. Er kommt auf mich zu, um mir Drohungen zuzuflüstern. Ich werde ihn schlagen, diesen lächerlichen Kopf. Es regnet Beschimpfungen. Die Hände, die großen Hände, rot von Kälte und schwarz von Tinte, tauschen Zettel aus, auf denen obszöne Bemerkungen oder dumme Scherze stehen. Die ganzen Jahre gehen eintönig und schwer vorüber: man hofft immer auf ein Ende, man lauert auf die Ferien. Es ist heiß in diesen Sälen. Man muß sich verstecken, um dank eines Buches oder eines Gegenstandes von draußen, den man berühren kann, zu flüchten. Ich liebe heute noch diese Orange, so süß, so sonderbar, in meinem Pult, das vollgestopft ist mit alten, schmutzigen Papieren.

Es ist so heiß, die Zeit wird einem so lang in diesem schmutzigen Gemeinschaftsloch, in diesem Schlafsaal, wo man ein Schweigen erzwingt, das Geflüster und dumme Streiche erzeugt. Man bespritzt sich mit Wasser. Ein Schwamm macht die Runde von Bett zu Bett über die Verschläge hinweg, und plötzlich verbreitet sich ein ersticktes Gelächter und bricht die Disziplin. Das ist das Signal einer Revolte. Jemand schreit, und der schwere Schritt des Aufsehers dröhnt. Noch spät in der Nacht hört man Geräusche von Schritten, langsam schleichende Schritte, und ein Protest wird laut. Der sogenannte Lasterknabe nähert sich seinem Liebling. Ein empörter Liebhaber der Moral will den Schuldigen anzeigen. Und es wird Morgen. Dieser Trommelwirbel, der nicht enden will! Ich höre ihn. Ich höre ihn!«

Julien spricht zu viel. Er ist zu weit gegangen. Er hustet wieder. Seine Mutter beugt sich über ihn, um ihm zu trinken zu geben, aber Julien erkennt sie nicht mehr. Er schreit vor Angst. Er glaubt, man wolle ihn töten. »Laßt mich, laßt mich sterben, laßt mich in Ruhe sterben. Ich bin immer furchtbar allein. Die Gesichter sind alle genau die gleichen. Man muß sie verbrennen, mit Flammenhänden, mit Fingern aus Vitriol.« Die Worte kommen stoßweise aus seiner Kehle wie Geschosse. Er hört auf zu sprechen, um zu seufzen, um sein Leiden zuzugeben. Zusammenhanglose Sätze ziehen wie Wolken vor den weit offenen Augen seiner machtlosen Wächter vorüber, die nicht mehr wagen, sich zu rühren. Entsetzt, vernichtet von dieser Sintflut aus Worten, Beschimpfungen, von diesen chaotischen Gebärden, sehen sie zu, wie der Unglückliche sich schlägt und mit seinem Leben kämpft, das zu Ende geht. Alle drei sind bereit zu handeln, aber sie können nichts tun. Julien schreit, wenn man sich seinem Bett nähert, und wenn seine Mutter ihm den Schweiß von der feuchten Stirn wischt, ergreift er ihren Arm und brüllt, man wolle ihn ermorden. Der Tod ist ihm ganz nahe, und er erkennt ihn in jeder Bewegung. Im Hof hat jemand einen Eimer fallenlassen. Der Sterbende fährt auf, weil er noch fähig ist, Geräusche zu unterscheiden, aber sehen kann er nicht mehr. Er betastet seine Haare, seinen Körper, er nimmt den Kopf in die Hände.

Es ist die Stunde, da man, aufrichtig gestanden, nicht weiß, ob es das Ende des Dramas oder der Anfang der Komödie ist. Bei hermetisch verstopften Ohren könnte man sich gegenseitig ertappen, dieses ganze Getue, diesen Überschwang zu belächeln. Ein Wort, das mit rauher Stimme gesprochen wird, ein Schluchzen, das man nicht mehr unterdrückt, genügen, um den Zuschauer – den Kranken – zu erschüttern, den nicht Schmerz oder Angst seufzen läßt, sondern das Fieber. Was haben dieses Delirium, der Tag, der vergeht, und dieser Abend, der sich, wie täglich, nähert, miteinander zu tun?

Alle sind peinlich berührt von dieser Erregung, die sich so

›gar nicht gehört‹. Es sieht beinahe nach Entgleisung aus. Ob er endlich sterben wird? Das wäre vielleicht besser für ihn. Wird er endlich sterben?

Julien macht eine Bewegung und knirscht mit den Zähnen. Alfred tritt näher und fragt zerstreut: »Wie geht es, dear?«

Juliens Kopf sinkt zurück.

7. Kapitel

Und inzwischen vergehen die Tage, nach Fiebergraden datiert. Eine Kurve auf einem Blatt Papier am Kopfende eines Betts, ein bleiches Gesicht, abgemagerte weiße Hände: eine Woche ist langsam, aber mit Gewinn vergangen. Eines Tages hat der Arzt gesagt: »Wir können ein wenig Hoffnung bewahren.« An einem anderen Tag: »Wenn er noch zwei Nächte übersteht, ist er gerettet.« Schon werden die Uhren wieder aufgezogen, schon bringt man Blumen, schon wird laut gesprochen. Rückfälle, Krisen werden vorausgesehen, aber vor allem tut Hoffnung not. Man kann nicht mehr gegen diese fröhliche Woge kämpfen, die um das Bett springt.

Julien wird langsam wieder gesund. Er magert noch mehr ab und schläft den ganzen Tag, um nachts zu wachen. Um seine nächtliche Domäne zu bevölkern, führt er Selbstgespräche: »Ich habe das Nachtlicht verlassen, um zu dieser Uhr zu gelangen, die anscheinend aufgeregt ist. Ein Regen von schimmernden Tropfen fällt von der Decke. Ich erinnere mich nicht mehr an diese sonderbare Müdigkeit; ich fühle mich leichter. Ich weiß, daß ich fünf Sinne besitze. Ich lerne, und mein Gedächtnis gehorcht mir besser. Dieser Schmerz im Kopf... Mein Kopf ist hohl; ich stelle mir eine Kokosnuß vor und einen Namen: Kopra. Alles, was ich jetzt wünsche, ist, mich von diesem Übel zu befreien, das meinen Schädel ausgehöhlt und ihn zum Klingen gebracht hat. Meine Wünsche sind winzig klein; ich verjage sie wie Insekten. Mein

Bett wird anscheinend von Insekten geplagt, und wenn ich die Lage eines Beines verändere, reiben sich meine Knochen aneinander und machen ein Geräusch wie Hagel.

Ich komme wieder zu mir. Wie gut ich diesen Ausdruck jetzt im Schein des Nachtlichts verstehe. Meine Erinnerungen sind also endgültig Pferde. Ich habe keine Zeit mehr zu verlieren, keine Sekunde zu gewinnen, und ich bin völlig untätig: die Schaluppe des Zögerns. Langsamer Walzer... Wozu das? Ich soll, um einer Ziffer 1911 willen, die ich auf diesem Einband bemerke, in einen See aus Bergkristall tauchen. Die Reflexe sind ebenso viele kleine Verbrechen, die ich begangen habe, Verbrechen gegen mich selbst. Ich habe sehr traurige Erinnerungen: Estelle; sehr trübe für die Zukunft: Julien. Aber ich nehme sie mit Sanftmut und Wohlwollen auf. Ich muß mir gestehen, daß die alten Wunden meiner Eitelkeit am schmerzlichsten und lebhaftesten sind: sie sind noch nicht vernarbt. Ich suchte das Wort: ich bin banal, mehr und mehr! Meine einzige Originalität liegt vielleicht darin, es mir einzugestehen. Ich brauche nur so weiterzumachen. 1911! Das ist Boldi, dieser alte pomadisierte Zigeuner mit dem grauen Schnurrbart und dem roten Uniformrock. Er spielt einen Wiener Walzer ohne den geringsten Takt. 1911! Trumpf As, der den Großen Preis im Jahr 1911 gewann, der so feine, so intelligente Outsider...«

Julien schweigt. Er kann all diesen kleinen Bildern, die wie Kiesel gleiten und wie grauer Schnee davonfliegen, nicht mehr folgen. Der aufgehende Tag ist nahe; er wird schlafen.

Das Fieber sinkt. Und jetzt die erste Mahlzeit, die erste Zigarette. Er steht auf, um Toilette zu machen. Er bleibt eine Stunde auf. Er liest sein erstes Buch. »Wie blöde«, bemerkt er. Eines Tages kleidet er sich an, zieht gewissenhaft einen Mantel über, setzt einen Hut auf und nimmt einen Spazierstock. So ausgerüstet, geht er langsam, feierlich, würdig in seinem Zimmer spazieren, ohne zu wagen, sich im Spiegel anzulächeln. Er ist geheilt. Er ist geheilt, aber er muß noch

»Vorsicht walten lassen«. Am folgenden Tag holt ihn seine Mutter im Wagen ab. Strickwäsche, Pullover und Schals geben ihm einen solchen Umfang, daß er beim Hinuntergehen der Treppe beinahe erstickt. Man führt ihn nach Bagatelle.

Beginnt der Frühling von neuem? Julien sieht Rosen und wendet sich um. Er bemerkt Klematis und reibt sich die Augen. Der Garten ist mit Blumen nach der letzten Mode geschmückt. Es fehlen nur noch Anschläge mit der dringenden Bitte zu lächeln. Kinder werden bei Androhung von Strafe gebeten, ohne Lärm zu spielen. Die Enten sind da, um ihnen mit gutem Beispiel voranzugehen.

Julien sieht sich die Bäume und die Grotten mit der beharrlichen Aufmerksamkeit eines Werbefachmanns an. Er entdeckt die Sonne und den Wind. Melancholisch zermalmt er den Kies, hoffnungsfreudig zertritt er den Rasen. Er kann nichts mehr unterscheiden. Er will ins Bett. Er ist zu müde. Seine Mutter drängt ihn beunruhigt in den Wagen und wundert sich über sein blasses Aussehen. »Du siehst deinem armen Vater ähnlich«, sagt sie. Und sie packt Erinnerungen aus. Der Augenblick ist besonders schlecht gewählt...

Es ist halb fünf. Hier und da wird in dem Haus gegenüber eine Lampe angezündet. Julien legt sich kraftlos aufs Bett und läßt die Nacht in das Zimmer herein. Man sieht nichts mehr, nur der Schrank, ein Tisch sind noch wahrnehmbar, aber die Farbe ist tot. Die Schatten, die Schatten. In der Stille jagt einer den anderen. Der Körper ohne Kraft, der ausgestreckt ruht und sich in einem Lichtmeer verfolgt, wird die Mauer des Echos. Resigniert wartet er auf ein Signal, auf eine Kraft von außen. Da ist nur dieses scheinbar lächerliche Wort: Melancholie. Eine Malvenblüte, die sich zwischen zwei Möbeln an die Zimmertapete preßt. Sie ist beinahe verblüht: eine alte staubige Erinnerung. Da ist auch das ständige Schlagen der Uhr, die vor- und rückwärts geht, dem Rhythmus eines ungeschickten Gedankens folgend.

Julien ist geheilt, und er wagt nicht mehr zurückzudenken. Man muß an morgen denken, aber er stellt sich dieses Morgen nur dank seines Gedächtnisses vor. Morgen ist notwendigerweise gestern. Es ist die kleine Bar, mit amerikanischen oder spanischen Fahnen beflaggt, es ist der gleiche Ventilator, mit seinem Schnurren und seinen metallischen Seufzern. Der folgende Tag und die anderen Tage waren genau dieser Ventilator und die in Rausch gehüllte enge Bar.

Was tut man? Man tut, was man kann. Da ist das Kino, wo man gähnt, das Café, wo man davon spricht, was man tun will, und dasselbe »Bistro«, wo man die Freunde der Freunde trifft. Der Laufbursche an der Tür sagt: »Guten Tag, Monsieur Julien.« Der Barmixer sagt: »Guten Tag, Monsieur Julien.« Man drückt dem Pianisten die Hand, der antwortet: »Guten Tag, Monsieur...« Und der Besitzer empfängt den Stammgast, den treuen Kunden, der seinen Tisch mit Vorsicht wählt, mit einem netten Lächeln. Die Getreuen kommen ohne Ausnahme, einer nach dem anderen. So ist das Leben.

Gegen zwei Uhr morgens erscheint der geheimnisvolle Rogue, der gewissenhaft seine Runde macht. Einen Zigarettenstummel an die Unterlippe geklebt, berichtet er von seinem gestrigen Abend. Auch der Wunderknabe, die neue Entdeckung, tritt, seines Erfolges sicher, ein; anmaßend bleibt er stehen, um die Galerie – seine Galerie – zu prüfen. Schon lächelt man nachsichtig und flüstert: »Das ist ein Nachkomme von Jacques Cœur, er ist total ruiniert, er lebt mit einer Russin im Hotel, und abends, um fünf Uhr, empfängt er seine Freunde nackt in seinem Bett.« Und der Nachkomme von Jacques Cœur beginnt seine Nummer. Er reißt dumme Witze, spielt Rohrflöte, und alles ruft ohne Überzeugung: »Nein, wie amüsant!« Julien stellt fest, daß die mirakulöse Banalität ihren Platz zurückerobert. Es ist drei Uhr morgens: das ist immerhin gewonnen.

Die Nacht geht weiter. Man sucht etwas. Das einfachste

ist, endlos zu trinken. Eine sehr einfache Lösung. Der Morgen graut in zerfetzte Leinwand gehüllt. Die Kälte dringt durch den Windfang herein. Niemand will das Signal zum Aufbruch geben. Der Pianist kann sich vor Müdigkeit nicht mehr aufrecht halten und spielt falsch. Die Kellner lassen den Kopf hängen. Schweigen senkt sich plötzlich herab. Man glaubt, das Morgengeläut zu hören. Spaß beiseite!

Hinaus. Die Straße ist feucht. Man kreuzt Wagen, mit Abfällen überladen, Hallenarbeiter eilen vorüber, Milchmädchen bummeln und schwatzen. Julien trifft Rogue, der aus einem »Russenkeller« kommt und es sehr eilig hat. Seine Runde ist noch nicht beendet. Übelkeit und Zigarettenekel bestimmen Julien, ein Taxi zu rufen. Um fünf Uhr morgens hat er schreckliche Lust, schlafen zu gehen. Er verliert die Geduld und gähnt. Beinahe schläft er schon. Er nimmt vier Stufen auf einmal die Treppe hinauf, zieht sich eilends aus und stürzt in sein »cab' de toil'«, um sich zu waschen. Vor dem Spiegel bleibt er wie festgenagelt stehen. Er erkennt sich nicht. Das ist Julien. Aber welcher? Der Julien der Kameraden, der Freunde, von Berthe; ist es der nette, bläßliche Julien, der gute Junge von fünfundzwanzig Jahren (da ist ein kleiner Rechenfehler unterlaufen, aber nicht jeder kennt sein Geburtsdatum), immer schlechter Laune, aber immer lustig, gleichgültig, großzügig, auch mit dem Portemonnaie, das Herz auf der Zunge? Julot! Ist das Julot? Ist Er es, der andere, der traurig, ängstlich, verdrießlich, romantisch ist? Er, der Angst hat vor dem Tod? Schon sieht er sein Skelett, weil er schlecht aussieht und um die Augen dunkle Schatten liegen. Er kann sich nicht zu der Vorstellung eines banalen Todes entschließen wie der erstbeste Durandeau. Unvorbereitet in seinem Bett zu sterben! Die Vorstellung ist zu schmerzlich. Das ist ganz unmöglich. Also was? Da wäre die Möglichkeit eines gewaltsamen Todes. Zum Beispiel? Autounfall? Nein. Mord? Nein. Notfalls Guillotine? Nein. Und Julien stellt sich seine letzte Minute vor, den letzten Atemzug, der seinen

Lippen entflieht. Die Abgeschiedenheit dieses letzten Seufzers, dann die Leute, die den Tod feststellen, die sich alle auf ihn stürzen wie Geier auf den Leichnam. Nein, nein.

Julien dachte schon lange an eine Lösung, die keine war. Er flüchtete sich in diesen Entschluß. Er machte sich darüber lustig, weil sie »zu romantisch«, zu augenfällig war. Dann überzeugte er sich, daß sie ausgezeichnet war, gerade, weil zu romantisch, so romantisch, daß sie dadurch banal wurde. Der Selbstmord. Ja. Er dachte ernsthaft darüber nach oder genauer, er war überzeugt, daß er ernsthaft darüber nachdachte. Das war ein Alibi. »Was wirst du tun, Julien?« – »Ich nehme mir das Leben.« Umfassende Antwort, die er nicht nur seinen beunruhigten Freunden, sondern sich selbst gab. Einsatz seines Lebens: sein Tod. Ah! Herrgott!

An jenem Morgen stand er grübelnd vor seinem Spiegel. Der Selbstmord ist sehr schön, sehr bequem, komfortabel sogar, aber es gibt vielerlei Selbstmorde. Der Revolver? Irritierend, außerdem für den Bankier reserviert, der bankrott macht. Die Métro? Zu proletarisch. Zu Pferde in einen Abgrund? Zu sehr Octave Feuillet. Lieber war ihm, sich einen öffentlichen Selbstmord vorzustellen. Eines Tages hatte er im Théatre Français einen sehr eleganten Herrn gesehen, der sich von der Galerie hinabstürzte. Mehrere Frauen waren in Ohnmacht gefallen. Man hatte den Vorhang schließen müssen. Zwei Herren hatten die Rückzahlung ihrer Plätze verlangt und erhalten. Das Wort Selbstmord genügte ihm. Refrain. Als nähme er die Fäden einer Marionette in die Hand, faßt sich Julien, beendet seine Toilette und geht schlafen.

Schon ist es Tag. Man muß sich auf das Weiterleben vorbereiten. Die schlaflose Nacht hat sich wie Blei auf Julien gelegt. Er fühlt sich nicht mehr so leicht und denkt an alles Glück, das er erwartet und das ihn erwartet. Er steht auf. Es ist halb zwölf. Er frühstückt. Es ist ein Uhr. Er gähnt. Es ist viertel nach zwei.

Es war etwa drei Uhr nachmittags, vielleicht halb vier, als Julien in den Tabakladen der Avenue des Ternes trat, um seinen täglichen Bedarf an ägyptischen Zigaretten zu kaufen. An der Theke standen zwei Taxichauffeure und prosteten einander zu, und unweit von ihnen warf ein Krämerlehrling Soustücke in einen Apparat, der klingelte und klingelte. Die Dame an der Kasse setzte ein schönes Lächeln auf, als sie Julien erblickte, und reichte ihm die rosa Schachtel.

– Danke, Madame.

An jenem Tag war das Wetter grau, beinahe malvenfarbig. Julien mußte zum Arzt. Er hustete noch ein wenig. Der Arzt ließ ihn eine viertel Stunde in einem kleinen Salon warten, wo Julien vielleicht zum zwanzigsten Mal mit Muße die Stiche und Goldbronzen von zweifelhaftem Geschmack betrachten konnte, die großzügige Patienten sich verpflichtet gefühlt hatten dem Arzt zu schenken. Ein monumentales Tintenfaß nahm fast einen ganzen Tisch ein. Aber an diesem Tag begnügte sich Julien damit zu lächeln.

– Treten Sie ein, lieber Freund...

Es war furchtbar heiß in diesem finsteren Sprechzimmer. Ein großer Voltaire-Sessel nahm Julien auf.

– So, jetzt zu uns... Wie fühlen Sie sich?

Julien hustete, aber antwortete nicht. Dann besann er sich eines Besseren.

– Doktor, ich schlafe schlecht, schlechter und schlechter.

Der Arzt schloß ein Auge, dann das andere. Julien glaubte, er würde einschlafen.

– Sind Sie nervös?

– Nein.

Julien war böse. Machte der sich über ihn lustig? Er fühlte, wie er errötete. Dann runzelte er die Stirn.

– Nein, ich bin nicht nervös.

– Ah! machte der Arzt.

Julien stand auf. Er hatte genug. »So ein Idiot«, dachte er, »so ein Idiot, großer Gott!« Er hustete ein wenig stärker.

– Sie husten?

– Ein wenig.

– Auch nachts?

– Vor allem nachts.

– Ah! wiederholte der Arzt.

Seine kleinen Augen wanderten unruhig hin und her, dann schloß er sie plötzlich.

Es wurde still. Julien bewunderte die dicke goldene Kette, die einen Zebrastreifen auf den Bauch des Arztes legte. »Ein Familienstück«, flüsterte er.

– Sie schreiben, nicht wahr, lieber Freund?

Juliens Zorn erreichte seinen Höhepunkt. Er dachte: »Der wird mich nun also auch damit langweilen. Was geht ihn das eigentlich an?«

– Einen Roman? Eine Sittenkomödie? Der Arzt lächelte so verschmitzt wie möglich.

– Ja... beides. Nein, ich schreibe nichts, ich habe keine Lust. Ich fühle mich mutlos. Wissen Sie, Doktor, Arbeit ist nicht meine Stärke.

– Sie haben nicht diesen schönen Jünglingsehrgeiz! bemerkte der Arzt.

Zwei bis drei Sekunden lang glaubte Julien, er müsse jetzt aufstehen und den Arzt ohrfeigen.

– Sie sind noch nicht gesund, lieber Freund. Bald kommt die Arbeitslust, und der Ruhm wird Sie mit seinem Fittich streifen.

Julien fühlte sich peinlich berührt und erschauerte.

– Scherzen Sie nicht, Doktor.

– Ich scherze nicht.

Julien sah den Arzt an, der todernst, beinahe feierlich aussah. »Das sieht nach Routine aus«, sagte sich der Patient.

– Ich bin nicht krank, Doktor. Das ist angeboren! Und Julien brach in lautes Gelächter aus. Der Arzt hustete und schluckte eine Pille.

– Ich verstehe Sie nicht, bemerkte er.

»Warte, du Schwachkopf«, sagte sich Julien, und deklamatorisch rief er:

– Ich habe den Eindruck, daß ich nichts zu Ende bringen kann, und in dem Augenblick, da ich auch nur ein Ende voraussehen kann, bin ich auf einmal von dem Vorausgesehenen angewidert. Diesen ganzen Weg, den ich nutzlos zurückgelegt habe, um eine Grenze zu entdecken (die Erde ist rund), darf ich nicht mit umgewandtem Kopf betrachten. Eine Sekunde, ein Gedankenblitz, und alles ist vergeblich. Das ist gewiß ein Grund, warum ich nicht ohne Ekel an den Tod denken kann. Das Ende. Dieses Wort verursacht mir Übelkeit. Es ist wahr, daß das ewige Leben schön ist wie eine Kristallkugel, aber man müßte einen Glauben haben, der mich plötzlich entsetzt und bestürzt. Mein Geist ist arm und mein Herz ist schwach. Diese Kraft, welche die Demütigen akzeptieren, ohne mit der Wimper zu zucken, die kann ich nicht aufbringen. Ich demütige mich nicht gern, auch blase ich mich nicht auf vor Stolz. Übrigens, Menschen, die diese Kraft besitzen – ich spreche von der Mehrzahl, die diese Kraft besitzen –, machen einen schlechten Gebrauch davon. Ein Apostel ist eigentlich ein Besessener. Eine Idee ist keine Krankheit. Sie ist nicht ansteckend. Bleibt nur das Alter. Ich weiß sehr wohl, daß ich mit dem Feuer spiele, aber unglücklicherweise hat der Blitz mich noch nie getroffen. Ich lebe auf dem Grund eines Kelches, und manchmal kommt die Sonne, wenn es ihr einfällt, und streichelt mich.

Der Arzt, ohne den Blick von Julien abzuwenden, tastete nach seinem Kneifer und setzte ihn auf.

– Ich schäme mich meiner Lust. Ich bin zu klein dazu. Sobald sie sich nähert, suche ich sofort sie zu befriedigen. Man müßte kämpfen, und ich laufe, ich laufe; ein Glas Wasser für meinen Durst, und schon ist er gestillt.

Ich fliehe die großen Gelüste, die man nicht befriedigen kann. Ich entferne mich leise, ich schließe die Augen, und sie ziehen dahin wie Erzengel. Mir bleibt das Kitzeln und diese

Insektenstiche, die weh tun und zugleich angenehm sind. Ich schäme mich nicht einmal.

Mir ist es gleich, ob der Himmel mir auf den Kopf fällt, wie früher. Ich fürchte nichts, was außerhalb von mir ist. Aber wenn eine Bewegung in der Tiefe meines Selbst entsteht, dann zittere ich und bin schwächer als einer, der die Krätze hat. Ich habe Angst vor meiner Seele, die mich nie um meine Meinung fragt. Wenn meine Erinnerungen mich nicht täuschen, dann weiß ich, daß mein Wille diese Qual nie besiegt hat. Ich leide nicht daran zu existieren, das wäre zuviel gesagt, aber ich fürchte mit meinem ganzen schlagenden Herzen diesen Terror, mir meiner Schwäche bewußt zu werden.

Ich bin nichts in meiner Gegenwart. Mein Sklave vielleicht. Und ich denke ohne Bitterkeit, daß meine Kraft von Jahr zu Jahr abnimmt. Ich habe Mühe, den Jüngling wiederzuerkennen, der ich war, weil er das Vertrauen nicht verloren hatte. Jetzt bin ich mir darüber klar (warum dieses Geheimnis länger verschweigen), daß er, sei er lebendig oder tot, Stein oder Himmel, der meine Seele erschüttern könnte, mich in einer Sekunde, in weniger als der Zeit eines Atemzuges, besiegen würde.

Ich kenne den Weg nicht, der zu jenem Raum meines Selbst führt, diesen Weg, mit grauen, hohen Bäumen eingefaßt. Ich kenne nicht die Grenzen dieses Raumes (ist er unendlich?), den ich errate, ohne ihn mir vorzustellen. Manchmal, in diesem Monat Juli, in den mein Geburtstag fällt, betrachte ich den großen schwarzen Nachthimmel, und ich denke ohne Gnade und ohne Gewissen an mein großes, unbekanntes, verwahrlostes Königreich. Ich weiß sehr wohl, daß ich nicht der einzige bin, der mit den Sternen Mitleid hat. Wenn ich nicht in mir selbst verloren bin, neige ich sofort zur Seite des Gemeinen, fern vom gesunden Menschenverstand, und ich freue mich darüber.

Diese Freude, die ich empfinde, jedermann ähnlich zu sein,

entsteht nicht aus Demut. Sie springt empor, steigt mir in den Kopf, weil ich endlich meinen Wuchs und meine Niedrigkeit ermessen kann. Hochmut hat mich nie sonderlich am Schlafen gehindert. Dieser ganze Apparat paßt mir nicht. Ich verstehe mich schlecht auf einsame Freude. Ich brauche andere, um froh oder traurig zu sein. Allein, lauert die Angst auf mich. Wenn man mich verläßt oder wenn ich unter besonderen Umständen von meinen Gewohnheiten, die mir Gefährten sind, entfernt bin, zum Beispiel in dem erstbesten Hotelzimmer, dann zittere ich vor Angst. Wenn ich das Pech habe, daß der Wind einen Fensterladen knarren oder das Alter ein Möbelstück krachen läßt, fahre ich auf, und ein Schrei kommt von meinen Lippen: »Zu Hilfe!« Ich habe nicht einmal Zeit, mich über mich selbst lustig zu machen. In Ihrer Gegenwart muß ich noch lachen über die schlaflose Nacht, die ich verbracht habe, weil ich leisen Regen auf den Gartenkiesweg eines beinahe leeren Hotels fallen hörte. Ich stellte mir vor, daß das Geräusch dieses monotonen Fallens der Tropfen von Schritten eines Mannes herrührte, der die Zeit mit Lauern totschlug. Als der Regen stärker fiel, glaubte ich, daß er entsetzt auf einem Fahrrad das Weite suchte. Ich fürchte Besucher.

In solcher Einsamkeit kommt mir die Idee Gottes näher. Sie jagt mir wenigstens keine Angst ein, aber ich scheue sie. Sie ergreift mich so brutal an der Kehle, daß es mir den Atem verschlägt. Ich kann mich nicht gegen Größe, Schönheit, Herrlichkeit wehren. Die Ewigkeit steht mir vor Augen, und ich kann mit einem einzigen Blick ihre Gegenwart erfassen, und wenn ich es wage, so zu sprechen, ihre Weite ermessen.

Verzeihen Sie mir. Ich spaße nicht. Weder über jene, die glauben, noch über jene, die durch Leugnen ihren Glauben eingestehen, mache ich mich lustig. Es kommt mir nicht zu, zu richten. Die Gottesleugner sind es, die mich an das Dasein Gottes glauben machen. Sie sind die wahren Gläubigen und nicht jene, die sich um einen Altar drängen. Um zu leugnen, muß man glauben.

Es lebe Gott! Ich verstehe Sie nicht. Ich lache nicht. Ich stelle nichts fest. Ich denke immer weiter nur an mich. Entschuldigen Sie, daß es so wenig ist. Gott ist zweifellos keine Notwendigkeit für mich. Die Wege des Himmels gehören zu jenen, die mir nur bei meiner Geburt bekannt waren. Sie stellen sich also die der Hölle vor. Die Strafe ist eine schöne Belohnung. Seien Sie sicher, daß ich in keiner Weise scherze. Man spricht immer von Pfaden, von Wegen, die wer weiß wohin führen. Es genügt, nicht zu scherzen. Geduld bewundere ich nicht. Ich gehöre zu jenen, deren einzige Hoffnung die Wunder sind. Man hat mir immer wieder gesagt, daß es auf Erden keine anderen Güter gebe als die, die man für ein anderes Leben gewinnt. Ich habe keinen Ehrgeiz, weder in der Gegenwart noch in der Zukunft, und meine Liebe zum Besitz geht nur bis zur Bequemlichkeit.

Ich habe oft von Leuten sprechen hören, die an Gott glauben. Weder in dem Lichthof ihres Blickes noch in dem Nebel ihrer Worte habe ich das Irrlicht der Hoffnung schweben sehen. Sie sprachen in die Wüste ihres Herzens hinein. Gewisse dieser Leute, die ich verachtete, wußten nicht einmal, wem sie den Vorzug gaben: ihrem Gott oder ihrem Vaterland.

Ich weiche ab. Politik interessiert mich nicht. Ich bin hier, um zu vereinigen und zu lösen. Die Erde wird mich ja schließlich doch verschlingen oder der Himmel verzehren. Himmel oder Erde. Wasser, Feuer, Luft...

Julien machte eine unbestimmte Bewegung; seine Handschuhe waren auf den Teppich gefallen. Er blickte vor sich hin und lachte leise. Er stellte keine Fragen.

– Sind Sie sicher, daß Sie sich nie täuschen? fragte der andere.

– Ich bin keiner Sache sicher. Adieu.

– Warten Sie, lieber Freund, ich werde Ihnen etwas verschreiben. Irgendein Stärkungsmittel...

Draußen regnete es nicht: alles war grau. Es war noch nicht völlig Nacht. Kein Stern am Himmel. Einige Wolken waren zu sehen.

Julien bemerkte, daß die Straßenlaternen noch nicht angezündet waren.

Er rief ein Taxi. Aber der Chauffeur gab ihm mit einer ausdrucksvollen Bewegung zu verstehen, daß er auf dem Weg zum Essen sei.

Da beschloß Julien, ein Stückchen zu Fuß zu gehen.

Julien wird Berthe besuchen. Der falsche Luxus, der die junge Frau umgibt, gefällt ihm wie einst das Engelhaar und das lackierte Spielzeug. In ihrem Zimmer gibt es Unmengen von Kissen, Blumen und Düften. Die Zigaretten – ägyptische und Abdullah – sind süßlich. Das Zimmermädchen trägt seidene Strümpfe. Auch Berthe ist reizend. Julien weiß, daß Berthe beim Erwachen frische Wangen und weiche Brüste hat; ihre wirren Haare geben ihr ein Aussehen, als wäre sie gerade aus dem Ei gekrochen. Julien liebt die Adern ihres Armes, dieses Armes, der im Halbschlaf über den Bettrand hängt wie eine reife Frucht. Er wird bis zum Restaurant der Rue du Bac gehen, das er an bestimmten Tagen vorzieht. Er wird Bilder in den Schaufenstern ansehen und einen Kaffee trinken.

Um neun Uhr läutet er bei Berthe. Er hat Herzklopfen. Er fürchtet, jemanden bei ihr zu finden. Er drückt lange und wiederholt auf die Klingel. Er bereitet eine furchtbare Szene und Beschimpfungen vor, er ballt die Fäuste; man öffnet. Es ist das Mädchen mit den seidenen Strümpfen. Julien schiebt sie beiseite und tritt ohne anzuklopfen in das Zimmer. Berthe sitzt ruhig da und manikürt sich die Hände. Sie bietet Julien ein Täßchen Kaffee an. Die Szene ist verpaßt, denkt Julien, und er bittet um eine zweite Tasse. Sie protestiert nicht, denkt nur daran, zu lächeln und Lippenrot aufzulegen. Es ist klar. Sie erwartet etwas. Julien beobachtet sie, umarmt sie und streichelt ihr beinahe mechanisch den Arm. Er hat jetzt furchtbare Lust zu schlafen. Neben Berthe auf dem Diwan ausgestreckt, studiert Julien mit geschlossenen Augen und müden Gliedern das Ende seiner Genesung. Die ganze Nacht über vergißt er die Müdigkeit, die an seinem Ohr miaut. Er vergißt den großen Spiegel, vor dem ihn vorhin ein Schauer ergriff. Er errötet nicht mehr über seinen traurigen Morgen. Er spürt in seinen Fingerspitzen und Zehen ein Kribbeln. Er ist ein wenig durstig, ein wenig schläfrig, noch ein wenig lüstern und sehr neugierig. Durch seine Augenwimpern betrachtet er die geschmeidigen Glieder, die auf seinem Körper ruhen, die regelmäßige Bewegung des Atems, er genießt die Silhouette der linken Brust seiner Freundin wie eine Süßigkeit. Ein kaum schmerzhafter Krampf weckt die Vorstellung einer innigen Umarmung. Nichts, weder das Gebimmel der Trambahn noch die Erinnerung an ein Rendezvous, noch ein Vers, der davonschwebt, kann ihn ablenken. Was er betrachtet, erlaubt ihm, diese kostbaren Minuten neu zu erleben wie Regentropfen. Wie sehr der Tag auch an die Fenster klopft, Julien kann der wundersamen Ordnung dieses Betts nicht entgehen, der Hingabe des Körpers seiner Freundin, dem Licht, das auf ihren Füßen tanzt. Er erwartet nichts. Er weiß, daß er nichts weiß. Berthe schließt die Augen und gibt ihm ihre Hände zu halten. Sie weiß von nichts. Julien wacht.

8. Kapitel

Julien wacht. Er wacht. Diese Stunde, die das Ende der Nacht oder der Anfang des Tages ist, gehört ihm. Sie ist blank wie ein Spiegel. Sie ist auch ein Signal: der Tag ist frei.

Julien wacht. Er leidet an seiner Freiheit; er stellt sich ungeheure Versklavungen vor, schwer wie Kummer und blutig wie Verbrechen. Vergeblich. Sein Gehirn, wie die Erde, dreht sich um sich selbst und schlägt wie sein Herz.

Und selbstverständlich ging dieser Tag vorüber. Die Nacht kam und wieder ein Tag. Kurze Zeit nach diesem Tag wachte Julien im rührenden Schatten seiner schlafenden Freundin.

Dieses Leben hängte sich an ihn wie zahllose Fäden des Altweibersommers. Er konnte seine Tage nicht zählen, er konnte den Raum durcheilen, aber ohne sich vom Platz zu rühren.

Jeden Tag beschloß er, seinen Koffer zu packen, und abends wußte er noch nicht, wann sein Zug abfuhr. Seine Freunde errieten seine Angst und wagten nicht einmal mehr, ihm Fragen zu stellen. Die Tage vergehen, wie jeder weiß. Nichts konnte für ihn den Zauber dieses grausigen Lebens brechen. Das Spiel der Muskeln genügt einigen, Sinnestaumel oder Trunkenheit befriedigt einige andere. Aber der sogenannte Julien lauschte seinem Herzen, das keine Antwort gab. Er ermaß seine Müdigkeit an der Schwäche seiner Begierde. Sein Herz hatte sich geleert wie eine Lampe. Das kleine sanfte Licht, das tröstet und wachhält, leuchtete nicht mehr am Horizont seines Bewußtseins. Schatten breitete sich aus mit der Stetigkeit einer steigenden Flut.

Julien spielte mit sich selbst wie mit einem guten großen Hund, einem Haushund von der Rasse der Sultane. Solche Spiele ermüden schnell die leicht Zerstreuten. Neckerei ist ermüdend. Er wartete.

Mit der Schwere des Honigs, mit dem Gesumm der Insekten näherte sich der Sommer auf einem mit Blumen und Obstbäumen eingefaßten Weg. Julien sah ihn kommen. Für ihn war der Sommer nur eine Zitronenlimonade, die man um Mitternacht auf einer Caféterrasse neben Gästen in grauen Anzügen trinkt, ein Fenster, das man mit einem behaglichen Seufzer öffnet, die blaue Nacht – auch sie seufzte –, eine öde Straße, deren Mauern die Sonne bekleckste. Überall warf der Sommer Juliens Schatten, der lebendiger und wilder war denn je. Wenn dieser Schatten plötzlich an einer Straßenbiegung erschien, fuhr Julien zusammen; um seine Sicherheit zurückzugewinnen, brach er in Gelächter aus, aber sein Lachen klang falsch. Sein Schatten war ein Geheimnis, ein Gefährte, von dem er sich ebensowenig trennen konnte wie ein Kranker von seiner Krankheit. Wenn es Abend wurde, suchte er ihn, er erwartete ihn. Immerhin, es war ein Warten.

Warten ist eine Folter, oft ein Schmerz. Wenn Julien durch Zufall oder aus Zerstreutheit diesen stechenden Schmerz vergaß, litt er, nicht zu warten. Zuerst begriff er nicht. Wenn er, mit einer Angst, die er verhöhnte, sagte: »Wohin gehen wir?«, wagte er nicht, diese Angst mit seiner Einsamkeit in Verbindung zu bringen. Aber die Ungeduld trieb ihn, sich zu erkennen. Eines Tages nahm er seinen Kopf in die Hände und fragte sich mit Sorge: »Mein lieber Freund, worauf wartest du eigentlich? Überlege dir das. So kann es nicht weitergehen.« Und er wiederholte sich diesen Satz wie das Ave Maria eines Rosenkranzes. Er suchte lange ohne Resultat. Er lief nach rechts, nach links, erkundigte sich, was man tun, sagen, sehen, hören müsse. Jedoch mit Schrecken kehrte er in seine Einsamkeit zurück.

Und alle Insekten der Furcht kamen ihm entgegen: die Augen der Unbekannten, die seinen Blick festhielten und ihn die Augenlider senken ließen, die Qual der täglichen Geräusche, die falschen Halluzinationen der Gewohnheiten.

Von seinem Fenster aus bemerkte er eine Frau, die ihn anlächelte. Am folgenden Tag kreuzte er ihren Weg auf dem Boulevard des Ternes. »Koinzidenz!« dachte er. Sofort fügte er hinzu: »Seltsame Koinzidenz!« Drei Tage später, als er eine Zeitung kaufte, sah Julien, als er sich umwandte, dieselbe Frau in einem grauen Mantel. Am gleichen Tag sah er sie wieder. Diese Begegnung beunruhigte ihn. Und an den folgenden Tagen, sobald er eine Fußgängerin in einem grauen Mantel sah, machte er kehrt und beschleunigte den Schritt. Bald zweifelte er: »Es ist nicht dieselbe! Es ist nicht dieselbe!« Von neuem machte er kehrt, um sich über seinen Irrtum Rechenschaft abzulegen, und er verfolgte die Fußgängerin im grauen Mantel in der Hoffnung, sie zu erreichen, was meistens vergeblich war. Manchmal verlor er eine Stunde mit Suchen, und wenn er das Glück oder Unglück hatte, dieser Frau scharf ins Gesicht zu blicken und jene nicht zu erkennen, die ihn das erste Mal angelächelt hatte, murmelte er: »Ich habe mich geirrt...« Und doch: »Es war nicht diese, der ich vorhin begegnet bin.«

Trugschlüsse, Begierden in Fetzen. Nach dem Schrecken kam der Haß. Um diese Zeit verließ er eines schönen Abends – es war der schönste Sommerabend – seine kleine Freundin unter dem Vorwand, sie wolle ihn am nächsten Tag wiedersehen und das mache ihn schließlich zum Sklaven. Er brach alle Beziehungen zu seinen Freunden, seinen Kameraden ab; er brach mit seinen Gewohnheiten. Führte der Zufall ihn vor ein Café, wo er früher regelmäßig verkehrte, öffnete er die Tür und rief dem Wirt zu: »Dieb!« und der Kassiererin: »Hure!«

Jeden Tag machte er sich auf die Suche nach einem Arzt, weil er in der Nacht bemerkt hatte, daß seine Empfindungen eine Abweichung erfuhren, daß seine Freude Schmerz wurde und umgekehrt. Wenn es Tag wurde, sprang er aus dem Bett, um sich mit seinem Rasiermesser zu schneiden oder um sich mit kochendem Wasser zu verbrühen. Er erzählte von seinen »Anfällen« in scherzendem Ton und erklärte lächelnd: »Ich bin ein Fall!« Natürlich riet man ihm, sich behandeln zu lassen. So erfuhr er, daß er krank sei. Und um sich davon zu überzeugen, konsultierte er Spezialisten. Das beschäftigte ihn.

Dem nahenden Sommer gingen Trompetenstöße und tote Fahnen voran. Die Nächte und ihre täuschende Frische waren Fallen. Denn Julien trank, soviel Kehle und Mund nur herhalten konnten. Und wenn der aufgehende Tag, der seine gewohnte Stunde war, ihn in sein Zimmer trieb, hielt er Nachlese auf dem Ährenfeld des Muts und des Wunschs nach Schlaf. Eine kurze Frist wurde ihm gewährt, wenn die frischen Laken ihn einhüllten. Vielleicht, dachte er, beginnt ein neues Leben. Aber bald leckte die Hitze mit trockenen Flammen an ihm, und seine ganze Illusion verbrannte in einer einzigen blau leuchtenden Flamme. Feuersbrunst des Alkohols.

Der Schlaf wartete wie eine böse, verspielte Katze, die seine Schwächen belauerte, um davonzuspringen und sich gegen das Licht über den Rand des halb offenen Fensters zu beugen. Julien lauschte einem endlosen Bericht, dem seines zerfetzten Tages, seiner Woche, seines Monats... Eine Gleichgültigkeit, dem Sadismus verwandt, nahm von ihm Besitz wie das Kribbeln, das die äußeren Gliedmaßen lähmt. Julien litt an dieser Gleichgültigkeit um so heftiger, als er sie erkannte: Krise einer unheilbaren Krankheit. Das Zögern allen Dingen gegenüber, die Hemmung zu wählen, nicht wissen, welche Straße man zu gehen hat, vier oder fünf Bücher zugleich beginnen und sie alle wegwerfen, sich mit leeren Händen und leerem Gehirn hinsetzen: Symptome eines Zustands, den man so definiert: »Das ist mir ganz egal!« Wie einer, der dem Fließen des Wassers zusieht, so sah Julien die Tage vergehen. Er beneidete die Freunde, die ihm von ihrer Tätigkeit sprachen. Mit Vergnügen versuchte er, ihnen Zweifel einzuflößen, und wenn er sagte: »Wozu?«, dann wußte er ganz genau, daß er ihren Willen untergrub. Instinktmäßig entdeckte er in jedem seinesgleichen die verwundbare Stelle.

Er liebte es, zu demoralisieren. Er verfolgte das Keimen dieses Saatkorns, das er auswarf, und zerstörte mit Sicherheit, was ihm auf dem Weg seines eigenen Elends an Stärke und Entscheidungskraft begegnete. Wie andere an ihrer Begeisterung, so ließ er mit dem gleichen Feuer an seiner Mutlosigkeit teilnehmen. Die Arbeit brachte ihm nur vorübergehende Freude.

Bald aber bemerkte man seine »Verschrobenheit«, und nachdem er vor den anderen geflohen war, floh man jetzt ihn, Julien. Der Sommer ging zu Ende. Alles war erschöpft. Die Erde zerbröckelte, und die fuchsroten Blätter sanken auf einen Schlag herab und zerfielen. Die entkräftete Sonne rollte langsam jeden Abend vor der Nacht dahin. Paris war nur noch ein Kreuzweg. Man »kam durch Paris«, und dieses Kommen und Gehen schuf eine Bahnhofsstimmung. Julien flüchtete auf die Seinekais, wo die Pinassen träge weideten. Er folgte dem Lauf des Flusses über die Tore von Paris hinaus und gelangte bei Einbruch der Nacht, im Moment, da die Arbeiter wie ein Dampfstrahl aus den Fabriken drängen, zu den steilen Uferböschungen dieser Pariser Umgebung, wo Bistros und Kneipen einander abwechseln, wo hier und da ein Restaurant für Sonntagsausflügler im Schatten der Akazien vegetiert.

Während dieser langen Märsche ging er vor allem seiner Eitelkeit nach. Ohne es zu wissen, hatte er sein Geheimnis entdeckt. So ließ er alle an seinen Augen vorüberziehen, mit denen er sich vergleichen zu können glaubte oder mit denen er sich wenigstens ohne Scham vergleichen durfte. Mit der ganzen wünschenswerten Grausamkeit prüfte er seine Seinsgründe und seine menschlichen Ehrentitel und zog in aller Ehrlichkeit seine eigene Bilanz.

Er setzte sich in den Garten eines Restaurants und bestellte schließlich einen Porto. In einer Gartenlaube, eine Zigarette zwischen den Fingern, bemühte er sich nachsichtslos, einen Überschlag zu machen und seinen Wert zu ermessen. Er zögerte nicht, seine Faulheit, seinen Schlendrian und dieses leidenschaftslose Warten auf sein Aktivkonto zu setzen – mögen andere sich um des Geldes oder um ein bißchen Berühmtheit willen abhetzen. Dies nicht zu tun war für ihn eine Frage der Selbstachtung. Als plötzlich das elektrische Licht im Garten aufflammte und Küchengeruch aus dem Gebüsch aufstieg, wollte er aus dieser Sonntagsvorstadt flüchten, aber er bestellte immer wieder Portwein, dann ein Abendessen, dann zwei Tassen Kaffee. Er hätte gewollt, daß man ihn mit allen Ehren, die seinem Rang als Kunde gebührten, hinaussetzte, daß man ihm sagte: »Monsieur, entschuldigen Sie, aber wir können Ihnen kein Abendessen servieren...« Er wäre zornig geworden, aber er hätte diesen Garten für schnelle Ehebrüche verlassen müssen und den Rückweg antreten. Der Aufenthalt hier schien ihm wirklich ganz unnötig. Und er beeilte sich, das Essen zu kauen, das man ihm schleichenden Schritts servierte. Er fuhr fort, mit sich abzurechnen. Diese Arithmetik des Dünkels und der Eitelkeit ließ ihm keine Muße. Es war eine Multiplikation ohne Beweis.

Es war völlige Nacht, als er das Restaurant verließ. Alles war öde: allein der Himmel wurde von riesigen Flammen der Fabrikschornsteine bevölkert, die nie ruhten. Wie ein Landstreicher ohne Obdach tastete er sich die Mauern entlang zur Stadt, wo es anscheinend noch hell war. Er folgte den endlos langen Boulogner Boulevards, von schwächlichen, staubigen Pappeln eingefaßt, wo zwei lange blanke

Geleise wie verirrte Mondstrahlen liegen. Durch die offenen Fenster entflohen einem Grammophon Triller und Trompetengeschmetter, um auf das Trottoir zu fallen. Von Zeit zu Zeit versperrte ein Café den dunklen Weg, und Julien, der den Lichtkegel durchschritt wie die Furt eines Flusses, sah Frauen mit offenen Haaren und Männer mit Mützen unermüdlich Sous in einen Apparat werfen, der mit Geklingel dankte.

Julien trat durch eine kleine Allee des Bois de Boulogne, deren Kühle ihn von allem abschnitt wie ein Platzregen, in das Herz der Nacht.

Das Dunkel, das Schweigen, die Nacht, die Bewegungslosigkeit hinderten ihn zu denken. Er stützte sich auf seine Müdigkeit, die seine Schuhe wie Staub bedeckte, die seinen Rücken beugte. Sein Tag ohne Ziel, ohne Resultat, tröstete ihn über seinen Katzenjammer, und seine Einsamkeit gab ihm Mut. Für ihn hieß Alleinsein manchmal stark sein. Sparsame Tröstung.

In Paris begann kaum die Nacht. Sobald ein Taxi vorbeifuhr, rief er es, zögerte aber, eine genaue Adresse anzugeben, und begnügte sich mit: »Zur Madeleine! Zur Oper!«

Als er die Tür einer Bar aufstieß, schlug ihm ein warmer, blauer Geruch entgegen. Der Barmixer berührte einen mit den Händen wie ein Priester. Stammgäste hörten schweigend und mit gesenktem Kopf dem Gläsergeklirr zu. Ein fast unbeweglicher Rauch schwebte im Raum, während der Kellner mit leiser Stimme antwortete. Ein Ventilator wie eine Gebetsmühle. Julien liebte diese Stimmung. Er verlor sich in der Menge: er wurde ein Verbraucher, und diese Demut stärkte ihn.

Man erwartete niemanden und nichts. Die Stunden vergingen: das genügte. Mit Hilfe der Hitze stieg der Alkohol in den Kopf wie Quecksilber in einem Thermometer. Die Minuten schlugen regelmäßig, und dieses Ticktack des Regens auf den Fensterscheiben wiegte die Trinker ohne Durst und rhythmisierte die Träume. Die Gesichter zählten nicht mehr, die Blicke verloren sich, man unterschied nur noch die Spiegelungen der Hände in den hellen Likören.

Julien erwartete niemanden und nichts. Die Ratlosigkeit, die Eitelkeit, der Haß, lösten sich in einem leicht mit Wasser verdünnten Kognak auf. Es gab keine Versprechungen, keine Entschlüsse, keine Zukunft mehr, nur eine Stunde oder zwei, die man in einer Bar verbringt. Es gab keine Verabredung, keine Furcht, keine Verwirrung, nur Schweigen und Münder, die ihr Geheimnis und ihr Lächeln bewahrten. Da war auch eine sanfte Wärme, eine blonde Zigarette, ein Gedankenrascheln, eine unwägbare Freude.

Der Schlaf und diese halbe Trunkenheit aus Honig und Baumwolle zwangen ihn, aus seinem Gefängnis, das nach Leder und Alkohol roch, zu fliehen. Er warf seinen Leib in ein Taxi, dann in sein Bett, und er schlief ein, während die Nacht wie ein langsamer Vorhang sich von der Erde erhob, um die Gaukelgestalten des Traums und der Sonne auftreten zu lassen. Julien hatte einen Tag, eine Nacht zu Ende gelebt. Beim Einschlafen erklärte er sich befriedigt: »Ich habe nichts getan, nichts gesagt, was das Gewicht einer Erinnerung wert wäre. Das ist wesentlich!«

Ein Gähnen, das Zufallen der Lider unterbrach den Monolog. Julien fürchtete Erinnerungen wie eine Krankheit.

Er fiel wie ein Stein.

Die Jahreszeit verblühte, der Sommer senkte das Haupt.

9. Kapitel

Julien, der Erinnerungsjäger, vergaß, vergaß, vergaß bis zur Atemlosigkeit. Er geriet außer Atem.

Anfang Oktober bemerkte er mit leichter Trauer, daß er keine Briefe mehr erhielt, daß niemand mehr daran dachte, ihn anzurufen. Was ihn noch trauriger machte, war die Feststellung, daß dieses Schweigen ihm schmerzlich war. Während der Sommermonate hatte er so leicht auf alles verzichten können. Die Stimmen, die Blicke, die Hände, die die seinen drückten, und die Briefe ohne Zweck und Ziel hatten ihn früher belästigt. Wie es seine Gewohnheit war, höhnte er zunächst darüber, aber der Oktober schien Erinnerungen und Vorwürfe vor sich her zu treiben. Das schlafende Paris erwachte lächelnd.

Als der Abend gegen sieben Uhr nachmittags – Julien sagte neunzehn Uhr – langsam die Wände entlangschlich und ihn rührte, als die Ladenbesitzer ihre Schaufenster erleuchteten, nachdem sie so lange wie möglich gewartet hatten, breitete sich eine Melancholie, ein Sommerheimweh, eine Winterfurcht über die Trottoirs, blähte die Wolken, flüchtete aus den Häusern. Julien wußte nicht mehr aus noch ein. Das Warten, Berechnen, Fürchten, das totale Scheitern, diese ganze lange Sommerarbeit war also verloren? Alles zerbröckelte, von der melancholischen Flut des Oktobermonats unterhöhlt.

Eines Tages ging er die Avenue des Champs-Elysées hinunter, und als er vor Fouquet's vorbeikam, hörte er: »He, psst, Julien, alter Freund!« Es war einer seiner Kameraden, der ihn trotz seiner düsteren Miene, trotz seiner seidenen Krawatte, schwarz mit weißen Tupfen, trotz seines neuen grauen Filzhutes erkannt hatte.

– Julien, komm, trink ein Gläschen mit mir!

Julien setzte sich ungezwungen und gewichtig. Überdrüssig erwartete er die Phrasen seines Kameraden über Deauville und die Sologne. Er hatte sich getäuscht. Sein guter Kamerad liebte ebensowenig wie er die Erinnerungen, und übrigens war er gut erzogen: er machte ihn zunächst mit Madame Leroy-Beaumont bekannt, die in seiner Gesellschaft »ein Gläschen trank«. Julien reichte eine kraftlose Hand und bewunderte schweigend das Perlenhalsband der Madame Leroy-Beaumont.

Schon stellte man ihm die üblichen Fragen: »Was gibt's Neues?« Julien antwortete einfach: »Ich bin kein Auskunftsbüro, und außerdem sehe ich niemanden.«

Er sah seinen Kameraden an und bemerkte, daß er, Julien, offensichtlich gealtert war. Das machte ihn traurig. Er schluckte seinen Whisky »à la russe« und stand auf, um sich zu verabschieden. »Du hast es aber schön eilig!« Julien stotterte eine Entschuldigung. Ein Lächeln ließ ihn innehalten. Madame Leroy-Beaumont fragte ihn: »Wollen Sie nicht mit uns zu Abend essen? Ich nehme Sie nach Poissy mit.«

Julien kannte solche Gewohnheiten. Er hatte die Einladungen und die Familienbesitzungen in der Nähe von Paris nicht vergessen, wo der Erdboden Langeweile und Feuchtigkeit schwitzt. Madame Leroy-Beaumont lud ihn gutherzig ein. Julien hatte nichts zu tun. Die Eitelkeit entschied.

– Hören Sie, Madame ...

Madame Leroy-Beaumont lächelte und erklärte:

– Einverstanden! Ich nehme Sie mit.

Während der gute Kamerad, der heute Gaston Legros hieß, sich neben den Chauffeur setzte, nahm Julien neben Madame Leroy-Beaumont Platz.

Sie war rot gekleidet, ein Rot, das die Schneiderinnen Kupferrot nennen. Ihr schwarzes Hütchen verdeckte die Augen. Julien bemerkte immer nur die Kleidung der Frauen. Er war befriedigt von der Prüfung und lächelte sogar beim Anblick der Schuhe. Er schwieg, glücklich über den Wind, der ihm ins Gesicht schlug. Er sah vor sich den Weg, die Sonne und den Wagen, den man alsbald überholen würde. Er war eingeschüchtert von der Geschwindigkeit des Autos und von dem Lächeln seiner Nachbarin. Seit drei Monaten lebte er allein, ohne eine Menschenseele zu sehen, und beinahe hatte er die Sprache »dieser Leute« vergessen. »Das soll mich nicht hindern!« dachte er. »Ich brauche keine Worte, sondern Ruhe.« Er wagte nicht, sich seine Schüchternheit einzugestehen, auch nicht die Freude, den Wind zu atmen; er ließ sich von den Schwankungen des Autos wiegen und atmete den Benzingeruch ein, den er gern hatte.

An diesem Abend fand Julien ein wenig von seiner Vergangenheit wieder, und das Licht der Dämmerung, die Luft, die jenseits der Pariser Vorstädte frischer wurde, besänftigte die Erinnerungen.

Von der Frau, die neben ihm saß, kannte er bis jetzt nur den Namen und den guten Ruf. Er wußte, daß Madame Leroy-Beaumont ihren Mann und ihre Kinder liebte, die eines schönen Tages zur Welt kommen würden, er wußte auch, daß sie sich oft langweilte, aber daß sie Bücher, das Land und englische Zigaretten liebte. Um sich der Wahrheit dieser Gerüchte zu versichern, neigte Julien sich leicht vor, wandte vorsichtig den Kopf und unterwarf die Fesseln, die Hände, den Hals und die Lippen von Madame Leroy-Beaumont einer Prüfung.

Madame Leroy-Beaumont begegnete Juliens Blick und antwortete mit einem Lächeln. Das war die beste Antwort.

– Sie sind sehr schweigsam, sagte sie.

– Ich fürchte, zu gesprächig zu sein.

Er log nicht, er log noch nicht. Er hatte große Lust, eine unberechenbare Zahl von Fragen zu stellen, aber er wagte es nicht, nicht aus Angst, indiskret zu sein, sondern aus Furcht, zu wissen und enttäuscht zu sein. Der Einsiedler aus dem Quartier des Ternes genoß erneut ein Vergnügen. Der unermüdliche Fußgänger ruhte sich aus und wunderte sich über die Farbe des Himmels und der Bäume, über die Ruhe seines Herzens und seiner Beine.

Madame Leroy-Beaumont fragte ihn: »Was haben Sie diesen Sommer gemacht?« Er war glücklich zu antworten: »Nichts, Madame, ich bin in Paris geblieben, ohne Grund, nur zum Vergnügen. Sie wissen nicht, wie schön die Straßen im Sommer sind, wenn die Sonne mit aller Kraft brennt, wenn einem Passantinnen und Passanten unbekannt sind, wenn man allein ist in einer Stadt, die man liebt und die man auswendig kennt. Jeden Abend (er begann zu lügen) ging ich spazieren, den Stock in der Hand, eine Zigarette zwischen den Lippen ... Rauchen Sie, Madame? Entschuldigen Sie, Madame, ich habe nur englische Zigaretten ... Ich ging auf den Kais spazieren, Königreich der Hundescherer, der Lumpensammler und der Kohlenhändler en gros. Alles war ruhig; ich unterbrach meinen Spaziergang erst bei Einbruch der Nacht und suchte in einem der kleinen Restaurants Zuflucht, die mein Großvater »Bouchon« nannte. Immer ganz allein, sicher, keine Hand drücken zu müssen, bummelte ich in mir selbst und wartete darauf, den letzten Seinedampfer vorbeifahren zu sehen.«

Julien hielt inne, um Atem zu schöpfen. Seine Nachbarin, die aufmerksam zuhörte, hörte nicht mehr zu und begann zu lachen. Julien sah sie an, sah ihre Zähne und bewunderte sie. Er lauschte und liebte ihr Lachen, das aufbrach wie eine Knospe. Er zog es vor zu sprechen, um keine Fragen zu stellen, die ihm ein wenig auf den Lippen brannten. »Ich habe nicht gearbeitet, ich habe nicht geschrieben, keine einzige Zeile. Ich habe wirklich an nichts gedacht als an mich. Ich habe nichts gelesen, Madame.«

Nein, er würde bestimmt nicht sprechen. Er hatte sich

diese ganze Zeit über zu viel mit sich selbst beschäftigt, um andere Themen als sich selbst berühren zu können. Er würde sich ungezogen, vielleicht sogar rüpelhaft benehmen. Er wußte nicht, daß Madame Leroy-Beaumont ihm zustimmte. Sie betrachtete diesen großen Burschen, mager und bleich, mit dunklen Ringen um die Augen, der redete wie man trommelt, der so ungezwungen und geläufig von sich sprach. Sie wunderte sich auch, daß Julien einen ganzen Sommer über in Paris bleiben konnte. Das erschien ihr weder so harmlos noch so gleichgültig, wie er es sich vorstellte. Das gefiel ihr.

Madame Leroy-Beaumont hieß Juliette, wurde aber Maud genannt. Sie war in Brüssel geboren, der Vater Franzose, die Mutter Pariserin. Als kleines Kind spielte sie Reifen am Genfer See, dann im Bois de Boulogne. Ihr Vater reiste, wie andere ins Theater gehen, und Maud wartete in Paris auf seine Geschenke: ihr Spielzeug war dalmatinisch, spanisch, russisch oder algerisch. Dann begleitete sie ihren Vater. Ihre Kindheitserinnerungen glichen ihren Spielzeugen. Man verheiratete sie sehr jung mit einem »netten Burschen«, »großer Jäger vor dem Herrn«, »ehrliche Haut«, »treu wie Gold« und »nicht für einen Sechser böse«. Sie war achtzehn Jahre alt.

Sie war lustig. Sie war naiv. Sie war aufrichtig. Sie war zwanzig Jahre alt. Ein wenig trauriger, ein wenig enttäuscht, schweigsam.

Die Jahre. Jedes Jahr brachte Maud eine Hoffnung und eine Verzweiflung. Sie wollte lieben, sie liebte auf gut Glück, aber niemanden und jedermann, ihre Mutter und ihren Mann, ihre Wohnung, ihre Villa, ihr altes Haus in Poissy, Land, Hunde, Blumen, besonders Nelken, Crêpe de Chine, »Chypre«, das Parfüm von Atkinson, Musik von Ravel, Vichy-Wasser, die Natur ... was liebte sie nicht, außer sich selbst? Sie war dreiundzwanzig, fünfundzwanzig Jahre alt. Sie wartete nicht. Sie lebte. Sie wünschte nichts. Sie lebte. Sie alterte unmerklich. Ihr Lächeln blühte auf. Wie verspielt ging sie ins

Kabarett, in diese wüsten Tanzdielen für Leute von Welt. Sie hatte keinen Liebhaber. Sie lebte. Sie hatte keine Kinder. Sie lebte.

Auf ihren Fingern, die jeden Morgen eine Maniküre pflegte, hielt sie ihr Glück im Gleichgewicht. Sie bewunderte dieses Glück, das glänzte wie eine Metallkugel, und sie bewunderte sich darin. Ein großes Schweigen wohnte in ihrem Herzen und in ihrem Körper, ein Schweigen, von einem Lächeln und geschlossenen Augen sichtbar gemacht. Sie wünschte nichts anderes als dieses Glück. Juliens Unruhe gefiel ihr, wie gewisse Sonnenuntergänge ihr gefallen hatten.

Das Auto hielt vor einer Steintreppe, die in herbstlicher Zärtlichkeit von blühenden Rosen umrankt war. Julien bewunderte vor allem das blendend weiße Oberhemd und den Backenbart des Dieners, der ihnen entgegenkam. Der Salon, »Second Empire«, war voller Lampen und Vasen, in denen Blumen ihr Leben aushauchten. Auch Bücher waren da, solche, die man wirklich liest, weil Sommer und Herbst ist. Durch das offene Fenster hörte man Hundegekläff und Garagengeräusche. Gaston Legros setzte sich ans Klavier, das mit einem Genueser Schleier bedeckt war, und haute den letzten Schlager herunter. Der Diener zeigte »diesen Herren« den Weg, um sich die Hände zu waschen. Monsieur Leroy-Beaumont erwartete sie auf der Terrasse, wo das Diner serviert werden sollte. Gaston Legros machte Julien mit dem Hausherrn bekannt, der eine schlaffe Hand reichte und erklärte, er sei entzückt. Während Madame Leroy-Beaumont sich neu frisierte, stellte ihr Mann Julien die Frage, ob er die Jagd liebe. Als er hörte, daß Julien kein Jäger sei, lächelte er verächtlich und sagte mit besonderer Betonung: »Sie sind Schriftsteller, nicht wahr?«

In diesem Augenblick kam Maud herein und begriff: ihre Augenlider zuckten, sie sah ihren Mann an, dann Julien. Sie lächelte nicht. Während des Essens unterhielten sich Gaston Legros und Leroy-Beaumont. Jagdgeschichten folgten auf die Vorspeisen, Prahlereien auf den Braten, Diskussionen über die Vorteile des Pulvers X oder Y auf den Käse. Nachsichtig hörte Julien zu; er saß rechts von Maud, die mit strenger Miene schwieg. Manchmal sahen sie sich an wie Komplizen. Lampen wurden gebracht. Plötzlich erschauerte Maud. »Wenn wir einen kleinen Rundgang machten«, schlug sie vor, während sie die Tafel aufhob.

Bei eingebrochener Nacht belebten die Frische und der Wind, der aus den Bäumen aufstieg, die Alleen. Julien sagte kein Wort. Die beiden Jäger gingen voran, und das Geräusch ihrer Stimmen entfernte sich. Der Garten war zum Nachtleben erwacht. Aus dem benachbarten Gehölz stieg ein langsamer Rauch auf; eine Quelle rauschte.

– Wollen wir uns setzen? sagte Maud. Julien war einverstanden. Er fürchtete das Getue, den Mondschein, den Erdgeruch und die Berührung der Insekten. Er schlug eine Zigarette vor.

– Sie mögen weder mein Haus noch meinen Garten. Als ich ganz klein war, lief ich in diesen Alleen umher, und auf dieser Bank habe ich Kaufmann gespielt; nicht weit von diesem Gebüsch habe ich auf den Sommer gewartet. Alles das bedeutet für Sie nichts.

– Ich mag keine Erinnerungen, Madame.

– Ja, ich weiß. Das macht nichts. Sie werden mir zuhören und nie wiederkommen.

Und Julien hörte das abgedroschene Geräusch einer Quelle, das Murmeln der Erinnerungen gleich einem Gebet. Er hörte zu, ohne Mißvergnügen, ohne Ungeduld. Er zog diese ganze Rückschau dem Ausrufen einer Treibjagd vor. Auch suchte er in dieser Vergangenheit, die vor seinen Augen ausgebreitet wurde, die Gegenwart, die ein Lächeln und Augenlider so leicht verbargen.

Plötzlich sahen sie ein Fenster des Hauses aufleuchten, und die Klänge eines Klaviers zerrissen die Nacht. Gaston, der etwas zuviel getrunken hatte, sang einen Refrain von Maurice Chevalier. Maud stand auf. Julien blieb sitzen, im voraus angeekelt von dem Abend, einem richtigen Vorstadtabend. Maud reichte ihm die Hand, um ihm beim Aufstehen zu helfen. Er führte sie an seine Lippen, ohne genau zu wissen, ob diese Gebärde nur Höflichkeit war. Alles, was er im Dunkel berührte, erregte ihn ein wenig, alles, was Maud in der Nacht war: Parfüm, ihre Stimme und die weißen Zähne, die leuchteten wie die Blumen auf dem Rasen. Er stand auf, und ohne zu wissen, ob diese Gebärde brutal oder ungeschickt war, nahm er Maud in seine Arme und küßte sie auf den Mund.

Gaston sang bis zur Atemlosigkeit. Julien vergaß seine Einsamkeit. Maud vergaß ihre Erinnerungen. Die Zärtlichkeit war ein Heilmittel. Maud zerstörte ihr Glück, Julien sein Unbehagen. Sie waren glücklich.

Monsieur Leroy-Beaumont rief: »Huhu!« Das Klavier war still geworden. »Maud, Maud, du wirst dich erkälten!«

– Auf morgen, sagte Julien.

– Wo?

– Treffen wir uns zum Tee bei Colombin.

Sie gingen ins Haus zurück. Eine Zigarette diente ihnen als Maske, die Erinnerungen als Alibi.

In Juliens Kopf drehte sich alles. Der Salon hatte sich mit grauen Schmetterlingen bevölkert. Die Fenster wurden geschlossen. Monsieur Leroy-Beaumont rauchte eine Zigarre, die die Luft verpestete. Gaston legte Patiencen. Die Unterhaltung schlief ein. Julien krümmte den Rücken: langsam sah er die Heimkehr und das Bedauern anrücken. Er wäre gern in diesem griesgrämigen Salon geblieben, ohne sich zu rühren, als stünde hier die Zeit still. Er wußte, daß er sich Vorwürfe machen, sich idiotisch und sentimental nennen würde, sobald das Auto den Garten verlassen hatte. Hier wenigstens wagte er es nicht. Maud lächelte, und er liebte ihr Lächeln. Er konnte nicht anders, als an sie denken; er sah sie an. Das Auto fuhr vor, und mutig richtete Julien sich auf. Fort waren sie.

– Eitler Fatzke, sagte Monsieur Leroy-Beaumont, während er eine Pfeife anzündete.

Der eitle Fatzke, der ganz allein auf Mauds Platz hinten im Wagen saß, beschuldigte sich, glücklich zu sein. »Immer derselbe«, sagte er sich. Eine langsame Melancholie, eine Mischung aus Angst, Vergangenheit und Eitelkeit, Kälte und Wind bedrängten ihn. Die Scheinwerfer des Autos schoben das Dunkel beiseite. Man sah das wahre Antlitz der Nacht.

Gaston, neben dem Chauffeur, bat diesen, schneller zu fahren. Er wettete ein Päckchen Tabak mit ihm, daß er nicht auf hundert käme. Und der Chauffeur beschleunigte das Tempo. Julien erwartete den Tod, die Grippe, das Glück.

Da war schon Paris.

10. Kapitel

Um fünf Uhr bestellte Julien eine Tasse Tee und einen Toast. Maud kam herein.

Nur eine Minute lang, eine einzige, fühlte Julien sein Herz schlagen. Er fürchtete sich vor Mauds Blick. Er knöpfte seine Jacke zu, stand auf, ließ seinen Spazierstock und einen kleinen Löffel fallen und reichte die Hand, als wolle er um ein Almosen bitten. Maud gab ihm ihre Finger zum Kuß.

– Es tut mir sehr leid, Sie in dieser scheußlichen Teestube zu empfangen. Alles riecht nach Staub. Die grünen Pflanzen sind grau, die Tassen stammen in gerader Linie aus den Wandschränken unserer Großeltern, und die Gesichter der alten Damen sind traurig wie Salzsäulen. Nur der Name dieses Tees ist entzückend: Colombin. Dumm wie Bohnenstroh.

– Machen Sie sich keine Sorgen.

Er war bekümmert und gleichsam entschlossen, alles durch schlechte Laune zu verderben, und auch um der gewissen Schüchternheit des Zynikers willen. Dieses Abenteuer (er wagte nicht, es anders zu nennen) war dumm. Man mußte die Folgen ertragen, und Julien fühlte sich mürrisch, aber zugleich brutal und eigenwillig. Man mußte sprechen, und er sprach. Maud hörte ihm zu, während sie Tee trank. Sie zögerte vorauszusehen, zu verstehen. Eine gewisse Verlegenheit entfernte sie von diesem Jüngling, den sie gestern zum ersten Mal gesehen hatte. Aus der Schüchternheit schöpfte sie Kühnheit und Sorglosigkeit. Auch liebte sie, sich gehen zu lassen, sich dem Zufall anzuvertrauen, der an diesem Tag Julien hieß. Ein Aufschwung. Alles beginnt von neuem. Man weiß nicht, ob das Licht, das in einer Fensterscheibe oder in einem Spiegel tanzt, dieses orangefarbene, süßliche Licht der Pariser Dämmerungen, ein Signal ist. Um nicht das Bewußtsein zu verlieren, wettet man einfach mit sich selbst und jedesmal verliert man. Julien erwartete von der nahenden Minute ein Wort von Geist, einen Schrei des Herzens.

Er entführte Maud und schlug ihr vor, ein paar Schritte zu gehen. So könnten sie »von Regen und Schönwetter« sprechen. Aber bald wurde er von einer wilden Lust ergriffen, die um so heftiger war, als sie unerwartet kam. Sie stiegen schnell in ein Taxi. Nachdem er dem Chauffeur seine Adresse zugerufen hatte, sagte er: »Ich gehorche Ihnen nicht mehr.« Dann nahm er ihre Hände, küßte ihre Lippen und Augen, damit sie nichts mehr sehen könne, weder seinen Blick noch die Straße noch den Rücken des Chauffeurs. Und damit sie nicht mehr das Geratter des Motors höre, sagte er zu ihr: »Ich liebe Sie, Maud.«

Das war es also, der Zufall und diese Wut, die ausbricht wie ein Schrei, die emporschnellt wie eine Flamme.

Julien freute sich, daß keine Worte mehr nötig waren. Er füllte das Schweigen mit Flüstern. Er handelte wie ein Hypnotiseur, bedeckte mit Küssen die Finger und Lippen der Frau, die er noch »Madame« nannte.

Das Taxi hielt vor der Tür seines Hauses. Beinahe zitternd zahlte er, nahm Maud beim Arm, und schnell wie der Wind traten sie ein. Julien warf Hut und Stock auf den Boden, und befehlshaberisch half er Maud, Hut und Mantel abzulegen. Ohne ein Wort zu sagen, nahm er sie bei den Schultern und schob sie in sein Zimmer, wo er Sonnenstrahlen ertappte. Julien war blind und taub. Er fürchtete sich vor seinen Gedanken.

Er riß Maud das Kleid herunter und nahm sie in die Arme. Sie flüsterte leise: »Mein Mann erwartet mich um sieben Uhr bei Fouquet's!« Er antwortete nicht. Seine Kleidung, das zu helle Tageslicht, das durch die Fenster drang, belästigte ihn. Die Sonne drehte sich im Zimmer.

Juliens Leidenschaft wuchs: er wollte nicht mehr denken. Mauds Schüchternheit und die heftige Begierde, die über sie hereinbrach, nahm ihm alle Bedenken und alle Scham. »Ich liebe Sie, Maud.« Das war genug für beide: Entschuldigung, Alibi, Motiv ... Um sie herum und in ihnen wurde es Abend.

Der Schatten trat ins Zimmer, während Julien, den Kopf auf Mauds Schulter, weinte, »wie ein Kalb« dachte er, »wie ein Wahnsinniger«, dachte sie. Eine Wolke zog vorüber, und der Abend machte sich davon. Die Tränen trockneten auf seinen Wangen, und die Stille summte in seinen Ohren. Der steif gewordene Arm, der seine Geliebte stützte, gab ihm plötzlich den Eindruck des bereits Gefühlten, und das belästigte ihn wie ein Wespenschwarm. Alles sah sich ähnlich. Julien hatte furchtbare Lust zu rauchen, dieselbe, immer dieselbe Lust. Die abgespannte Maud, ganz erstaunt, ein Glück, das Julien mit Recht Müdigkeit nannte, wie Blut in sich fließen zu fühlen, machte sich bei jeder Bewegung kleiner, rollte sich wie eine Kugel zusammen.

Es war der Zickzackaugenblick, der Augenblick, da ein Schein aufdämmert, da man in jeder Minute eine neue Welt entdeckt, da man durch die Augenlider nicht nur die Lichttrauben und die Glastränen bewundert, sondern auch die einfache Kurve einer Ader, da jeder Herzschlag einen Sturm entfesselt, einen Orkan aus Blut und Gold. Julien griff sich selbst mit Grausamkeit an. Die große Ruhe, die ihn ergriff wie einen Ertrunkenen, die ihn fesselte und knebelte, benutzte er, um sich von seinen Skrupeln zu befreien. So endete also sein spontanes Verlangen nach Einsamkeit, sein Entsetzen und seine Freude am Verstümmeln und Abreißen: in einem Herbeiströmen von immer präziseren, immer farbigeren Erinnerungen. Und er versprach sich zahllose Freuden, bei denen man mit den Zähnen knirscht und sich die Hände reibt.

Maud öffnete den Mund, und Julien erwiderte: »Es ist sechs Uhr fünfunddreißig.« Sie schüttelte den Kopf, um alle Schmetterlinge fliegen zu lassen, die ein Kampf gezähmt hatte. Dann sah sie Julien an, der sie beinahe schmerzhaft küßte. Sie fürchtete sich vor nichts. Sie wartete auf die nächste Verabredung, auf die Stunde des Wiedersehens.

Während sie aufstand, und Julien aus Höflichkeit die Vorhänge schloß, damit sie sich im Dunkeln anziehen konnte und nicht ihre gegenseitige Nacktheit sah, fragte er sie: »Nehmen Sie mich zum Abendessen nach Poissy mit?« Sie war entzückt von dieser Kühnheit. Er hatte recht, dachte sie, dieses Schweigen nicht zu brechen und der Konsequenz ihres Vergnügens offen ins Gesicht zu sehen. Sie dachte auch daran, daß ihr Mann Julien einen eitlen Fatzke genannt hatte.

Als Antwort schmiegte sie sich in seine Arme. Sie war bereit. Julien knipste das elektrische Licht an, damit sie sich pudern und Lippenrot auflegen konnte.

– Könnten Sie mir einen Kamm leihen? Maud schüttelte ihre Haare, die wie Regen glitzerten.

Julien setzte sich und zündete eine Zigarette an. Er bewunderte diese junge Frau, die ihren Kamm einen Augenblick hinlegte, um das Buch, das auf dem Kamin vergessen worden war, zu öffnen. Er fühlte seine Verliebtheit, wie man Reue empfindet. Aus Opfergeist warf er seine Zigarette fort, um den Mund seiner Freundin zu küssen.

Julien hatte zu sehr mit seinem Mut gerechnet: der Abend in Poissy in dem Dekor des Vorabends, brachte ihn zur Verzweiflung. Er wagte nicht, Maud ins Gesicht zu sehen. Er wagte es nicht wegen der furchtsamen Scham, die einen Genesenden abhält, nach einem Spiegel zu greifen. Er sprach, er bemühte sich, Monsieur Leroy-Beaumont zum Sprechen zu bringen, der ihn, als der Abend zu Ende ging, reizend fand.

Er fühlte sich in einer Sackgasse. Auf der einen Seite das Lächeln seiner Geliebten, auf der andern die Wand aus Bäumen, Blumen und Himmel, die bereits, bereits Erinnerung war. Der Gefangene sträubte sich: tausend Skrupel, tausend menschliche Rücksichten fesselten seine Arme und Beine.

Unerträgliche Ohnmacht. Ein einziger Ausweg bot sich, immer derselbe: er selbst. Er trank wie »ein Faß ohne Boden«. Monsieur Leroy-Beaumont bewunderte ihn schweigend, und Maud war beunruhigt. Sie liebte ihn nur noch mehr, als sie sah, wie er ihretwegen kämpfte. Aber sie erriet den Schmerz und zögerte, Juliens Lustigkeit gegenüber, ihm zu Hilfe zu kommen. Sie zog vor, diese Geringschätzung und diese bequeme Monotonie zu akzeptieren. Sie redete sich ein, daß dieser Abend alle anderen einleitete, die künftigen Abende gemeinsamer Schuld, der Schatten und der Blicke. Liebe mit Flüsterstimme. Julien lachte und trank. Es war tiefe Nacht geworden. Monsieur Leroy-Beaumont schlug, wie jeden Abend, einen kleinen Gartenspaziergang vor.

Julien war betrunken, und der Garten hatte seinen Zauber, die Nacht ihren Glanz verloren. Er stampfte den Boden, während er den Himmel betrachtete. Er hielt sich für ungewöhnlich stark, da er mit seinen Händen das Gewicht seiner Angst emporhob. Würde er die Nacht auf seinem Weg wiederfinden und diesen großen Rausch des kommenden Tages? Er ließ die Stunden vergehen. Sie schienen unter seinen halb geschlossenen Augenlidern dahinzugleiten und sich in seinem Schädel, der schwerer war als sein Gewissen, zu drehen. Und so wartete er, außer sich.

Maud ging an seiner rechten Seite. Die nächtliche Kühle, ihre Schwäche und eine süße Furcht ließen sie erschauern.

Sie kehrten ins Haus zurück. Monsieur Leroy-Beaumont zündete eine Pfeife an und streckte seine Beine aus. Er reiste am nächsten Tag in die Sologne. Julien zögerte. Sollte er diesem Idioten Beschimpfungen ins Gesicht schleudern, ihm ganz einfach die Wahrheit sagen, oder würde er nachher in dem Auto, das soeben vor dem Haus hielt, davonfahren? Er sprang mit beiden Füßen zugleich über die Fragen hinweg und ließ sich vom Lied des Alkohols wiegen, das in seinen

Ohren summte. Was ging ihn schließlich dieser Betbruder an, dessen Augen den Rauch seiner Pfeife verfolgten.

An Maud, das hübsche Phantom, dachte er nicht, auch nicht an seine baldige Einsamkeit. Auf mehr prosaische Weise sah er sein zerwühltes Bett und die Mulde, die von der Schulter seiner Freundin gehöhlt worden war. Wie ein Peitschenhieb ließ ihn ein plötzlicher Wunsch in die Höhe schnellen. Er hatte furchtbare Lust zu fluchen.

Er fuhr ab. Einige Kilometer vom Haus stand das Auto still: eine Panne. Er mußte zu Fuß zurückgehen.

Monsieur Leroy-Beaumont, im Hausanzug, führte Julien in das Gastzimmer, lieh ihm einen Schlafanzug und wünschte ihm gute Nacht. Schwer wie Blei sank er in den Schlaf, begleitet vom Taumel und Wirbel unbeholfener Gedanken. Gegen vier Uhr morgens brutales Erwachen; sein Kopf war schwer, seine Hände feucht. Er wehrte sich nicht. Er gab sich diesem qualvollen Zustand hin, der ihm die Kraft aus Armen und Beinen nahm und dunkle Ringe um seine Augen legte. Totale Willenlosigkeit. Er fühlte sich unfähig, auch nur eine Spur von Optimismus aufzubringen. Alles, was er heraufbeschwor, saugte sich an ihm fest, ohne daß er eine Bewegung gewagt hätte, um sich aus diesen Fesseln zu lösen. Er hörte nur das Ticktack seiner Uhr auf dem Nachttisch.

Er stand auf, um aus seinem Zahnputzglas zu trinken. Im Dunkel tastete er sich voran und freute sich, wenn er Gegenstände aus Metall oder Marmor berührte. Sein Durst wurde immer heftiger, er trank, bis ihm übel wurde. Vor Kälte zitternd, ging er in sein Bett zurück und faßte große Entschlüsse: er wollte den Tag mit Maud verbringen, aber es sollte ein Abschied sein. Er wollte ihr nicht die Gegenwart des Geliebten aufzwingen, ein in Verabredungen zerschnittenes Leben von der Farbe der Lüge. Er wollte dieses Hin und Her von Brutalität und Heuchelei nicht zulassen. Vor allen anderen Erwägungen erschien ihm dies banal und dumm. Schon überlegte er die Worte, die er sprechen würde, Worte, die melancholisch sein sollten, wie der Herbsttag, den sie in diesem Garten voller Erinnerungen und trockener Blätter verbringen würden. Er dachte an Mauds Schicksal, das sich für ihn nicht von dem seinen unterschied. Auch sie erwartete nichts, so glaubte er. Sie war wie er, ganz der Einfachheit, der Mittelmäßigkeit, der Schwäche, der Furcht ergeben.

Das Dunkel brütete Trübsinn. Er stellte sich vor, daß er auf diese Weise den Dingen gerade ins Auge blickte, und sein Entschluß gefiel ihm, weil er sich sagte: »Ich packe den Stier bei den Hörnern.«

Langsam schlief er ein mit dem Gedanken, daß er morgen zum letzten Mal Mauds Geliebter sein würde.

11. Kapitel

Gegen neun Uhr morgens weckte man ihn, um ihm Rasierzeug zu bringen und ihn zu fragen, was er zum Frühstück wünsche.

– Haben Sie Vichy-Wasser?

Der Diener schloß die Augen, sei es, um anzudeuten, daß er verstanden habe, oder um die Wahl zu billigen; dann zog er sich zurück. Julien hatte die Augen geöffnet: dieses Zimmer gefiel ihm. Die Wandbespannung rief eine Erinnerung in ihm wach, die Erinnerung an ein Zimmer, das er einst im Landhaus seiner Großeltern bewohnt hatte.

Dann fand er mühsam zu seinen Entschlüssen der Nacht zurück. Er prüfte sie. Er gefiel sich in einer Rolle, die ein wenig apathisch, ein wenig traurig war. Aber er fühlte sich beinahe optimistisch, als er den Gärtner die Alleen harken, die Fensterläden knarren hörte, die geöffnet wurden; gewiß waren es die Fensterläden von Mauds Zimmer. Während er sich reckte, fiel ihm, dank einem leichten Nierenschmerz, die Stunde ein, die er gestern mit Maud verbracht hatte.

Als seine Fenster geöffnet wurden, atmete er voller Stolz die frische Luft. Der Erdgeruch, das Rauschen der Bäume erfüllte ihn mit unerwartetem Mut. Schon erschien ihm der Tag weniger lang zu leben, als er sich vorgestellt hatte; er erwartete von diesen kühlen, klaren Morgenstunden eine Inspiration.

Julien war, wie man sagt, ein Tatmensch. Er gehörte zu jenen, die, wenn irgendeine Ohnmacht sie im voraus entmutigt, leiden, nicht handeln zu können. Hygiene in jeder Form war für ihn eine Hilfe. Wenn er sein Gesicht ins Wasser tauchte oder seinen Körper in ein Bad warf, »handelte« er. Alle seine Schmerzen der Nacht, Magenweh, Schwere im Kopf und Unruhe, erloschen für einige Viertelstunden. Dieses Wohlgefühl dauerte an, wenn er seine Krawatte band oder sich anzog. Ein letzter Blick in den Spiegel überzeugte ihn eine Sekunde lang, daß er nicht mehr derselbe sei, sondern ein wirklich starker und neuer Mensch.

Der Schritt, den er tun mußte, war nicht mehr von der maßlosen Wichtigkeit, die er ihm während der Nacht zugeschrieben hatte. Alles war einfacher, klarer, harmonischer. Mit der Leichtigkeit junger Menschen wechselte Julien rapide vom Zustand der Schwäche zu dem der Stärke. Er beschloß, in den Garten zu gehen, einige Zigaretten zu rauchen und nachzudenken.

Der Augenblick war gut gewählt: eine unbestimmte, aber spürbare Stille, die Bewegungslosigkeit der Blätter nach dem Regen, das Schweigen der Wälder und Gewässer, breitete sich im Garten aus, eine Ruhe, die die Blumen seit Tagesanbruch erwarteten und die von den Tieren respektiert wurde. Und doch glitten Wolken mit der Geschwindigkeit des Rauchs über die Sträucher, die den Garten abgrenzten, flatterten Schmetterlinge über die Blumenbeete mit der unsicheren Bewegung der Alkoholiker. Nichts hatte Julien vor Augen, was einen Entschluß von ihm forderte. Er schloß sich in einen Kreis ein, er dachte, daß er dachte, daß er dachte.

Maud erwartete ihn vor dem Haus. Sie lächelte ihm von weitem zu. Er sah sie traurig an.

Julien liebte, was ihm provisorisch erschien, was er nicht wagte, sich einzugestehen. Er baute sein Leben auf Wolken. Da er rings um sich das Vergängliche suchte, zögerte er nicht, zu zerstören, was Gefahr lief, fest verankert zu werden. Er hatte Angst vor der Liebe. Maud war eine Frau, die er lieben könnte, die er vielleicht liebte. Er begleitete sie nur träge: er konnte seine Trauer nicht verbergen, auch keine Freude heucheln.

Eine Folter begann: Worte, die man sucht, unnütze Gebärden, der langsame Schmerz des Schweigens, das man nicht brechen kann, und all das Zögern einem Gedanken gegenüber, den man nicht auszudrücken wagt. Julien beobachtete sich.

Sie gingen ins Haus. Unter dem Vorwand, die Räume zu besichtigen, traten sie in Mauds Zimmer. Plötzlich wandte Julien sich um und drehte den Schlüssel im Schloß.

– Sie sind wahnsinnig, Julien.

Sie schämte sich, sie wunderte sich über solche Brutalität; diese Gier war ihr unbekannt. Julien überlegte nicht. Er hatte das unbestimmte Gefühl, daß er vielleicht auf diesem Bett, dem Körper seiner Geliebten nahe, eine Antwort finden würde.

– Sie sind wahnsinnig, wiederholte sie.

Und er, mit ein wenig Bosheit, biß in ihre Lippen. Sie wehrte sich, weil sie verstehen wollte, weil sie ein Wort der Erklärung erwartete, aber Julien blieb stumm und zögerte, ihr zu sagen: »Ich liebe dich«, zögerte, ihren Namen zu nennen, zögerte, zögerte. Er erstickte.

Er begehrte diesen Körper, der sich von ihm abwandte, aber er wollte ihr nicht in das verkrampfte Gesicht sehen. Einer solchen Plumpheit und plötzlichen Brutalität gegenüber begann Maud zu weinen, und während sie sich losmachte, setzte sie sich auf ihr Bett und bedeckte die Augen mit den Händen. Julien zog ihre Arme fort, die ihm ihre Tränen verbargen, und preßte sie an sich.

– Weinen Sie nicht mehr, Maud, ich flehe Sie an (seine Stimme war zärtlich), Tränen sind mir ein Greuel! (Seine Stimme war rauh.) Er fühlte ihren erschauernden Körper an seiner Brust und in der Mulde seines Arms. Wie einen Refrain wiederholte er: »Nicht weinen! Nicht weinen!«

Julien hörte ihre schlagenden Herzen. Er riß einen Knopf

ab und streifte das Kleid herunter, wie man einen Handschuh auszieht. »Maud, hören Sie nicht mehr auf mich: lassen Sie mich Ihnen nahe sein.« Julien sagte, was ihm gerade einfiel, unzufrieden mit sich, ein wenig stolz, ein wenig albern. Er sprach, und jeder Satz war eine List. »Ich liebe Sie, Maud!« er zog seine Jacke aus. »Verzeihen Sie mir, mein Liebling«, er band seine Krawatte ab... Er schien mit sich selbst zu kämpfen. Als Maud diese klagende Stimme hörte, schloß sie die Augen, streckte die Arme aus und schlang sie um Juliens Hals. Er wartete noch auf Tränen, um trösten zu können. Aber sie schloß die Augen wie eine Ertrunkene und lächelte ein wenig nervös, ungeduldig. Er wartete auf Tränen, weil er plötzlich fühlte, daß seine Begierde ihn verließ, sich von ihm entfernte und ihn von ihr trennte. Er küßte sie ohne Überzeugung, während er sich beobachtete und beinahe die Fortschritte seiner Kunstgriffe berechnete. Er hatte nur noch vor sich selber Angst. Er begann seine Rolle zu spielen. Er bewunderte den Körper seiner Geliebten, er liebte ihre langen Arme, ihre helle Haut, aber er wünschte nur Ruhe in ihrer Nähe und Worte, die das Geständnis seiner Ängste wären, die ihn während der Nacht heimgesucht hatten. Er durchlebte in allen Einzelheiten eine vergangene Stunde, die stärker war als die erregendste Minute der Gegenwart.

Er bemühte sich, die Gegenwart zu ergreifen, und öffnete die Augen, um sich die Wahrheit »vorzustellen«: den ungeduldigen Leib seiner Geliebten. Aber schon sprang ihm ein altes Lied entgegen, um ihn aus der Gegenwart zu verjagen: er sah sein verlassenes Zimmer, seinen Spiegel, eine Straße, die er liebte, eine warme Bar, deren sirupartige Luft Durst macht. Er wehrte sich. Aber die Spuren seiner selbst, die Fetzen seines Lebens klebten an seinem Gedächtnis, und dieses Gedächtnis war das stärkste, das ehrlichste. Um mit größerem Mut zu kämpfen, preßte er Maud an sich wie ein Kind, das vor der Nacht Angst hat. Zuweilen empfand er auch das Bedürfnis, sie zu beißen, so, wie man sich kneift, um sich zu vergewissern, daß man nicht träumt. Als er endlich fühlte, daß ihre beiden Körper sich wanden, um sich enger zu vereinen, spürte er eine Art von Erlösung: er wußte, daß das alles zu Ende war und daß sie sich hingeben würden.

Sie flüchtete, weil sie plötzlich das gewohnte Gehen und Kommen des Hauses erkannte. Es gongte zum Mittag. Julien war bereit. Er bat, wie sie ihn gestern gebeten hatte: »Könnten Sie mir einen Kamm leihen?« Aber er knirschte mit den Zähnen. Während der Mahlzeit lächelten sie sich an, unfähig, an etwas anderes zu denken als an sich selbst.

Vor Juliens Augen ein fester Punkt: ein Entschluß, der durchgeführt werden mußte.

Nach dem Mittagessen legte Maud sich auf einen Liegestuhl. Die Sonne schien auf das Tablett und spiegelte sich in den Kaffeetassen, in der silbernen Zuckerdose.

Julien sprach. Seine Stimme, ernster als gewöhnlich, schallte in dem Schweigen.

– Maud, sagte er, ich habe mit Ihnen zu sprechen.

– Liebster, erwiderte Maud und öffnete die Augen. Sie schien aus weiter Ferne zu kommen, aus einer betäubenden Stille.

– Maud, ich habe heute nacht viel überlegt, heute nacht und vorhin. Ich will Sie nicht einem Leben der Angst, des Trübsinns, des Wartens aussetzen. Ich habe weder das Recht noch die Kraft, Ihr Leben zu zerstören. Ich bin ein sehr schwacher Mensch, der nicht weiß, was er will und worauf er wartet. Wenn ich manchmal, was selten vorkommt, an mein Leben denke, habe ich Lust, zu lachen und zugleich zu vergessen.

Maud stand auf, dann setzte sie sich näher zu Julien.

– Schon muß ich um Verzeihung bitten. Ich werde Ihnen etwas sagen, was Sie empören, was Ihnen weh tun wird. Maud, ich weiß nicht, ob ich Sie liebe. Sehen Sie mich an und verzeihen Sie mir. Ich glaube, ja. Sonst würde ich nicht zu Ihnen sprechen, wie ich es tue. Ich bin mir klar über meine

Brutalität, über meine Grausamkeit. Ich habe gründlich nachgedacht, Maud: wahrhaft grausam wäre, wenn ich schweigen und so Ihr Leben allmählich verpfuschen und Sie mit der wünschenswerten Liebenswürdigkeit jeden Tag quälen würde. Verstehen Sie, Maud? Sprechen Sie. Verstehen Sie? Sie dürfen mir nicht böse sein. Wenn ich so spreche, wenn ich Ihnen sage, daß wir uns trennen müssen, dann, weil ich mich kenne, weil ich einer bin, der nur Trübsinn in Ihr Leben bringen könnte, einen Trübsinn, der weder melancholisch noch wirklich schmerzhaft wäre, sondern nur ekelerregenden Trübsinn.

– Sehen Sie, Maud, ich fühle mich entsetzlich banal. Ich werde Ihnen absurde Worte sagen. Es ist besser, daß Sie eine einzige, sanfte, rapide Erinnerung bewahren. Wenn ich Ihnen dies alles sage, dann, weil ich Sie liebe, glaube ich. Ich weiß, daß ich keine Ausdauer habe. Ich fürchte, alles, was ich in die Arme schließe, zu zerstören, und diese Furcht zerstört bereits.

– Ich stelle mir vor – zweifellos zu Unrecht –, daß ich so in Ihr Leben und besonders in mein Leben ein wenig Größe bringen könnte, die berühmte Größe des Opfers. Wir würden nur zwei Tage des Glücks gegen Monate vergeblichen Suchens, kleiner Wutanfälle eintauschen. Also, Maud, habe ich unrecht?

– Aber warum?

– Warum? Das ist klar. Warum bin ich plötzlich in Ihr Leben eingedrungen? Ich weiß es nicht, Maud. Vielleicht, weil Sie allein waren und weil ich allein war. Jeder für sich. Ich weiß auch, daß ich Sie hübsch fand, daß Sie mir gefielen. Ich bin zynisch, nicht wahr, Maud? Ich gehe fort, Maud, sofort, so schnell wie möglich. Sie bleiben dort liegen, und ich nehme den Zug. Ich will dieses Auto nicht, wo ich Sie kennengelernt habe. Es ist mir lieber, allein zu gehen. Sie werden die Augen schließen und versuchen zu vergessen. Leben Sie wohl, Maud.

Julien erhob sich, küßte Madame Leroy-Beaumont die Hand und schritt durch das Gartentor.

Schon hört sie Juliens Schritte nicht mehr. Stille, sanft wie Wasser, breitet sich aus. Sie fühlt, daß ein Sonnenstrahl sich auf ihre Hand gelegt hat. Die Stunden vergehen. Der Flug eines Vogels ruft sie ins Leben zurück, aber nicht nur der Flug eines Vogels: ein Mädchen im Haus hat gelacht. Dort in der Ferne, auf der Landstraße, geht Julien dem Bahnhof entgegen. Er wirbelt Staub auf. Er beobachtet die Fußgänger. Er will nur an den Abend denken, der vor ihm liegt. Er sucht nach etwas, worauf er Lust hätte...

Als Julien in den Zug stieg, wandte er sich um und versuchte, durch die Bäume und die Telegrafendrähte das Haus der Leroy-Beaumont zu erkennen. Die Landschaft flog vorüber. Wäsche trocknete an den Fenstern; auf dem ausgedörrten Erdboden lag kümmerliches Gemüse. Die roten Dachziegel schienen die Akazienbüsche anzuzünden. Julien betrachtete alles.

Er dachte an seine Worte. Er wußte nicht mehr, ob er aufrichtig gewesen war. Er fürchtete sich vor dieser Frage. Er dachte nicht mehr an Maud, er dachte nur an sich.

Auf dem Bahnsteig fragte er sich: »Aber was soll ich heute abend nur anfangen?«

12. Kapitel

Eines schönen Abends, an einer düsteren Straßenecke, hörte Julien von Maud sprechen. Einige Freunde, denen er zufälligerweise begegnete, erzählten ihm, daß sie »ein Verhältnis« mit einem Journalisten namens Beckmann hätte. Julien hörte es und war sprachlos. Unter irgendeinem Vorwand verließ er plötzlich seine Freunde. Schnell lief er nach Hause, und ein tauber, stummer Schmerz, langsam wie die Reue, nahm ganz und gar von ihm Besitz. Er begann zu leiden, wie jemand, der sich einer Arbeit hingibt. In sich selbst entdeckte er keinen gültigen Anlaß dafür. Im Grunde lehnte er es ab, zu leiden, aber er war der Schwächere. Seine trokkene Kehle, sein klopfendes Herz, seine geballten Fäuste bewiesen ihm deutlich, daß es kein Spaß war. Im Schein dieses Trübsinns tadelte er sich mehr und mehr: »Was bin ich doch für ein Dummkopf!« Dann begann es von neuem. Er hatte sich auf sein Bett geworfen; das Gesicht ans Kissen gepreßt, biß er in seinen Kummer wie in eine Frucht. Heftig atmend neigte er sich über sich selbst, erstaunt über diesen anhaltenden Schmerz. Er wollte nicht daran glauben und versuchte, Komödie zu spielen, indem er überschwengliche Bewegungen machte und so gut er konnte die Gedanken, die ihm weh taten, übertrieb. Aber all dies ließ ihn nur noch mehr leiden. Auch schien ihm, daß er, seit er von Mauds Beziehung gehört hatte, immer mehr und heftiger litt.

Plötzlich stand er auf und geriet in furchtbare Wut. Am liebsten hätte er alles zerschlagen; er suchte verletzende

Worte, die gröbsten Beschimpfungen, um Maud damit zu bezeichnen. Er hatte Lust, sie zu schlagen; er wünschte ihr auf der Stelle den Tod und glaubte dadurch vergessen zu können, was er ihren Abstieg nannte. Noch beschuldigte er sich nicht. Seine Verantwortung schien ihm nicht erwiesen, aber er fühlte sich gedemütigt, betrogen und vor allem unglücklich, unglücklich wie der Stein auf der Straße.

»Ich kenne dieses schmutzige Individuum, diesen niedrigsten aller Halunken! Er sieht nicht einmal gut aus. Ein Syphilitiker, ein Schürzenjäger, eine Bestie! Maud, ich kann es nicht glauben!« Ein Strudel riß ihn davon. Bilder, Mauds Hand, ihr Lächeln. Er atmete ein wenig den Duft dieser Frau, diesen Duft, den er doch vergessen zu haben glaubte.

Da es nun einmal so war, würde er diese Phase seines Lebens aus der Erinnerung streichen. Er würde vergessen.

Die Nacht wurde dichter. Juliens Wut steigerte sich. Er liebte diesen Zorn, der seinen Schmerz verstärkte. Sein Gedächtnis wurde ihm zum Feind: es brachte ihm die Bilder jener Tage in allen Farben und voller Leben zurück. Er stieß sich an einem Wort. Der Schock der Erinnerung war so brutal, daß der Schmerz, den er hervorrief, seinen Körper angriff. Etwas in seiner Brust zog sich zusammen, und wie ein Träumer fühlte er sich in einen bodenlosen Abgrund stürzen. Er keuchte. Sein Zorn, der nur noch eine einzige Glut war, hinderte ihn am Weinen. Er wagte weder das Licht zu löschen noch sich anzukleiden, noch einen Arm zu rühren, aus Furcht, ein Echo zu erwecken. Allein schon ein Geräusch von der Straße ließ ihn zusammenfahren. Er gab sich der Weichheit seines Bettes hin; Körper und Gehirn hatten ihn besiegt. Er hatte nicht nur vor sich selber Angst, sondern vor allem, vor einer Tür, die sich vielleicht öffnen würde, vor einem Klingeln. Gewiß würde jemand kommen, und er könnte sich nicht beherrschen, er könnte nicht gegen diese brennende Erstarrung an, die ein Glied nach dem andern erfaßte, ein Organ nach dem andern. Er wohnte seinem eigenen Verfall bei. Von jetzt an traten alle Gründe, die seinen Schmerz hervorgerufen hatten, zurück, und es blieb nur dieses Brennen, das stieg und fiel wie eine traurige Flamme. Er fühlte sich in einer einzigen Minute gealtert. Er hatte das Vertrauen verloren, vollständig, absolut, bis zur äußersten Grenze. Wie ein Tier, das ertrinkt, suchte er nach einem Halt, der sofort zusammenbrach. »Es ist wahr«, murmelte er, »ich bin jetzt alt. Ich bin alt, ich denke an meine Jugend. Aber schließlich und endlich: ich pfeife darauf. Was geht mich der ganze Dreck an? Hol's der Teufel! Ich bin der Letzte der Idioten!« Es fehlte ihm an ausreichenden Schimpfwörtern.

Diese Furcht zu denken wurde zu einer unsagbaren Angst, zu einer unkontrollierten Qual. Alles, was ihn beruhigen konnte, stand gegen ihn auf: er konnte an nichts mehr glauben. Weder sein Hochmut, noch seine Vergangenheit, nicht einmal seine Eitelkeit waren ihm eine Stütze. Im Gegenteil. Schließlich gab er seiner Marter einen Namen: Ekel. Er nahm im Geist die gemeinsten Bilder, immer bestimmtere Auftritte vorweg, in denen Maud die Hauptrolle spielte. Sie ließ sich küssen und fand ein gewisses Vergnügen daran; sie gestattete diesem Halunken, ihre Brüste zu berühren, und ihr Blick billigte es. Sie entblößte ihre Scham, und er, immer heftiger, verlor jede Kontrolle über sich selbst: seine Augen rollten in ihren Höhlen, sein Mund zitterte...

Ekel, großer Ekel.

Julien konnte an nichts anderes denken. Vielleicht hatte er Mauds Körper, den er in einen bestimmten Duft einhüllte, nie so gut betrachtet, und in seiner Erinnerung entdeckte er die Muskeln und das Adernetz, die der andere geküßt hatte, küssen würde oder vielleicht gerade in diesem Augenblick küßte. »Ja, gerade in diesem Augenblick schläft er mit ihr«, dachte Julien, »das ist klar, und das ist zweifellos der Grund, warum mich all diese Bilder verfolgen.« Er stand auf, und wie ein Hund schlürfte er mehrere Gläser Wasser.

Langes Gepfeife, heftige Windstöße, plötzliche Stille, dann

von neuem die Entfesselung aller Elemente, des Zorns und stärker als alles, dieses heimliche Stöhnen, das ihn mit den Zähnen knirschen ließ, als ginge er an einem Neubau vorüber, wenn die Arbeiter Quadersteine zersägen oder die Außenwand abkratzen.

Julien wollte diesen Schmerz nicht mehr. Es war kein Schmerz, den man nährt, dem man schmeichelt. Er empfand Ekel davor. Indem er seine Phantasie ein wenig spielen ließ, wozu er ganz besonders befähigt war, sah er sich mit Kot beschmutzt, klebrig und voller Ungeziefer. Er wischte sich das Gesicht mit den Händen ab und streckte sie sofort von sich.

So zu leiden schien ihm noch zu leicht. Er suchte Raffinements, allzu glücklich, die Ursachen seines Schmerzes zu vergessen. Er betrachtete sich im Spiegel und hauchte ihn an, damit sein Atem seinen traurigen Blick und seine Mundfalte verhülle. Er wandte sich vom Spiegel ab und setzte sich auf einen Stuhl, der irgendwo in der Mitte des Zimmers stand; er betrachtete die Wand, als wäre sie ein Loch. Wieder und wieder nannte er seine Freundin beim Namen, lange, und drehte die Silbe dabei nach allen Richtungen wie ein schlechter Schauspieler, der nicht die richtige Betonung finden kann. »Maud, Maud, Maud, Maud... « und so weiter.

Er hatte eine Glühbirne angezündet, die in ihrer Einsamkeit nur schwach eine Zimmerecke erleuchtete. Diese einzige Lichtquelle brachte Julien zur Verzweiflung, aber er glaubte nicht, die Kraft zu haben, diesen Kreis zu durchbrechen, aufzustehen und eine zweite Lampe anzuzünden. Er schwebte verloren in einer Wolke von Bitterkeit.

Wie Menschen, die kein ruhiges Gewissen haben, vernachlässigte Julien die Zeit. Die Stunden hatten plötzlich kein Gesicht mehr, sie hatten ihre Tatkraft verloren. Alle Uhren der Welt konnten noch so laut schlagen: ein großer Körper, in dem eine Idee wie eine Kugel rollte, schien sich zu verzehren. Das farbige Schillern dieser Idee erinnerte an Blut.

Viel später, sehr viel später – es war schon tiefe Nacht – bemerkte Julien, daß er keine Spur von Mut mehr hatte. Er hatte den Boden unter den Füßen verloren; seine Schwäche entsetzte ihn.

Er ist so tief gesunken, so tief, daß sein Wesen sich aufbäumt und diesem langen, gelähmten Körper befiehlt zu handeln. Er hat nur noch einen Wunsch: mit Maud zu sprechen. Vielleicht ist sie gerade zu Hause. Er geht ans Telefon. Er zögert nicht. Er weiß nicht, wie spät es ist. Er ist ungeduldig.

– Hallo! Passy 1821.

Am Ende der Leitung hört er es läuten. Sicher ist sie nicht da. Die ganze Zwecklosigkeit seiner Bemühung wird ihm klar. Und immer wieder dieses Wort: Dummkopf, Dummkopf, an sich selbst gerichtet. Er beklagt sich und macht sich zugleich über sich selbst lustig. Am Ende der Welt läutet es weiter.

Man antwortet. Es ist die schlafwattierte Stimme von Monsieur Leroy-Beaumont. »Wahrhaftig«, denkt Julien, »ausgerechnet der, ausgerechnet...« Und er lügt. »Hallo! Passy 2821...?«

– Unerhört! antwortet Monsieur Leroy-Beaumont. Wieder ein Irrtum. Schlamperei, dieses Telefon! Ich werde mich beschweren.

Schlagartig hängt er ab: es ist aus. Die ganze Nacht, den ganzen Morgen wird er warten müssen, um wieder anrufen zu können.

Und vor dem Telefonapparat stellt Julien die Nutzlosigkeit aller Bemühungen fest. Er wird sich jetzt nicht mehr rühren; vor diesem stummen Apparat wird er den Tag, die würgende Angst, die Trauer und den Ekel erwarten.

Er fällt wieder tiefer, noch tiefer, beinahe glücklich, seine Erniedrigung zu ermessen, sie zu berühren und die Leere zu schauen, die sie rings um ihn und in ihm höhlt. Er weiß jetzt, daß etwas zu Ende ist. Es ist nicht nur wegen Maud – das liegt schon sehr fern, in einem Nebel von Trübsinn –, sondern auch, weil er jetzt weiß, daß er in wenigen Stunden scheitern kann, mit einem einzigen Schlag scheitern, ohne Hoffnung auf Hilfe.

»Mit mir ist es aus«, sagt er sich. Und maschinell, nach Art strickender Frauen, reiht er eine Überlegung an die andere, aus denen das düster-graue Gewebe seines gegenwärtigen, künftigen und ferneren Lebens entsteht. Kein Zweifel: darum hat er gelebt, um an diese »Endstation« zu gelangen. Er erinnert sich an jene kleinen Bahnhöfe am Meer, in der Nähe leprabehafteter Häuser, von denen aus man das Ende der Eisenbahnlinie sieht, die nichts als ein elender halb verrosteter Stöpsel ist, um den herum Unkraut wuchert. Jenseits nichts als Heide, nichts als ein mageres Brachfeld und das Ende, das Ende, nichts als das Ende einer Linie. Mit dieser schlaflosen Nacht endet eine Phase seines Lebens. Bald wird er dreißig Jahre alt sein, und wenn er zurückblickt, wird ihm klar, daß er im Laufe der letzten zehn Jahre gelernt hat, ein Mann zu werden. Gewiß ist es das, was man Jugend nennt, dieser Zeitabschnitt, in dem man zunächst spürt, daß der Körper sich härtet, während die Seele sich verweichlicht, dieser Zeitabschnitt, in dem die Tatkraft lächerlich, das Aktionsbedürfnis nur eine Form von Alkoholsucht ist oder der Wunsch, die Zeit totzuschlagen.

Jetzt weiß er genau, daß das Spiel aus ist und daß es nicht der Mühe wert war. Er aber, Julien, hat gelernt, daß er ein totaler Waschlappen ist, ein armer Kerl, der Letzte der Dummköpfe. Als spielte er Ziehharmonika, so läßt er wieder und wieder jede Phase seines Lebens an sich vorüberziehen; was herauskommt, ist ein ungebräuchlicher Ton für eine alte Leier. Diese Melodie kennt er; er ist bereit, ihr einen Namen zu geben. Er verhöhnt seine Jugend, nicht nur, weil er sie bedauert, sondern weil sie ihm wirklich lächerlich erscheint.

Die treue Nacht ist um ihn und gibt seiner Verbitterung Flügel. Was liegt ihm in Zukunft an dieser leichtfertigen Freude seines Körpers, die er Eleganz nannte und die er sich zur Regel gemacht hatte? Was liegt ihm an seinen Gelüsten, was an den Befehlen, die er sich gab? Nichts, gar nichts. Armselige Worte, an die man sich klammert und denen allmählich die Luft ausgeht.

Da kommt der Tag, der sich einschleicht wie ein böser Geist. Bald wird die Stunde schlagen, da Julien Maud anrufen kann. Er weiß nicht mehr, was er ihr sagen wollte, aber sein Wunsch, sie zu hören, mit ihr zu sprechen, ist immer gleich stark. Er leidet nicht mehr ihretwegen, beinahe nicht mehr. Gewiß, wenn er daran denkt, daß sie Beckmanns Geliebte ist (Beckmann, dieser Halunke, dieses Schwein, dieses nichtswürdige Individuum), dann möchte er zuschlagen, und er fühlt seine Muskeln schwellen. Aber die Nacht, die allmächtige, ist vergangen und hat ihn von dem entfernt, was er nicht Eifersucht zu nennen wagte. Seinetwegen allein leidet er jetzt. Maud gehörte ihm nicht, nicht wahr? Und außerdem hat er keinen Instinkt für Besitz.

Was fortbesteht, ist dieser Ekel, der, einer Welle gleich, verströmt und von neuem anschwillt. Er ist ganz bereit, nichts mehr zu fühlen, alles zu akzeptieren. Mag Maud tun, was sie will. Er wird sie vergessen. Er will sie nur warnen und ihr klarmachen, daß sie sich von ihm entferne, von dem, was er nicht fürchtete, eine »aufrichtige Zuneigung« zu nennen. Er wird ihr zeigen, auf welchen Weg sie sich begeben hat. Darin liegt vielleicht sein einziger Mut. Danach ... danach wird nichts sein. Er will sie nicht wiedersehen. Er will vergessen. Vergessen wie ein Greis. Die Stunden zählen nicht mehr. Es heißt nur warten. Er wird warten.

Der Augenblick kam, da er glaubte, den Hörer abnehmen zu können. Als das Zimmermädchen nach seinem Namen fragte, zögerte er. »Trotzdem, ich bin schön dumm«, sagte er zu sich selbst.

– Sind Sie es, Julien, fragte Maud.

– Ja, ja.

Ein so plötzliches Schweigen setzte ein, daß die beiden Gesprächspartner glaubten, die Verbindung sei unterbrochen. Während der wenigen Sekunden des Schweigens ermaß Julien den Abstand, der ihn von Madame Leroy-Beaumont trennte. Ja, ihm schien sogar, daß jede neue Sekunde, die verging, sie immer weiter voneinander entfernte. Dieser Eindruck war so stark, daß ein Unbehagen entstand und Julien verzweifelt drauflosstürzte.

– Ja, ich bin es, Maud. Ich habe gestern abend von Ihrer Beziehung zu Beckmann gehört ... Er suchte seine Worte nicht, aber die spontan von seinen Lippen kamen, konnten weder härter, noch schärfer, noch ungeschickter sein. Er sagte sich »um so schlimmer« und dann sofort »um so besser«, denn er begriff, daß Mauds Stimme auf einen Schlag seinen unnützen Zorn von neuem entflammte. Im Schein dieses auflodernden Feuers verschwand das Unbehagen.

– Ich habe Sie heute nacht angerufen; ich hatte Ihnen viel zu sagen. Die Nacht ist vorbei. Ich habe Ihnen nichts mehr zu sagen. Ich weiß nicht mehr. Sie sind frei, völlig frei, aber, ich weiß wirklich nicht, warum ich empört und angewidert bin. Es ist Ihre Sache, das ist wahr...

In seiner Hast antwortete er im voraus auf Mauds vermutete Fragen und auf ihr Erstaunen.

Maud sagt:

– Auch ich verstehe Sie nicht, Julien...

Julien gerät außer sich:

– Diesen Beckmann, den kenne ich: das erbärmlichste Individuum, das es gibt, eine gemeine Person, ein lächerliches Subjekt, über den sich alle Welt lustig macht, hören Sie? Alle Welt. Häßlich wie ein Affe, dick, vulgär, kurz: ein Abschaum der Menschheit. Von Talent keine Spur. Aus Mitleid wird sein Geschreibsel angenommen. Ein Journalist niedrigster Kategorie. Nein, ich verstehe Sie nicht. Und außerdem, ich mache Sie darauf aufmerksam: er hat die Syphilis.

Maud hat abgehängt.

Er zögert nicht. Wenn das so ist: gut, dann werden wir sehen.

– Fräulein, wollen Sie mich sofort noch einmal mit Passy 1821 verbinden? Das Gespräch wurde unterbrochen.

Es läutet. Ob Maud antworten wird?

Sie ist es. Sie hat »Hallo!« gesagt. Julien antwortet nicht. Sie wiederholt: »Hallo!« Er hört, er liegt auf der Lauer. Sie wird vielleicht glauben, es sei Beckmann. Nein, die beiden haben bestimmte Stunden, im voraus festgelegte Verabredungen.

– Hier ist Julien, Maud.

– Ja, ich höre Sie.

– Maud, warum haben Sie das Gespräch unterbrochen? Ich wollte Sie freundschaftlich warnen. Dieser Mann ist ein Don Juan niedrigster Sorte. Ich habe ihn mit eigenen Ohren gehört, wie er mit seinen Eroberungen prahlte. Überall wird er erzählen, er sei Ihr Geliebter und Sie seien eine Hure.

– Julien, schweigen Sie, sonst hänge ich ab. Ich kann nicht zulassen, daß Sie so zu mir sprechen und ganz besonders nicht am Telefon. Das gehört sich nicht.

– Sie verteidigen ihn. Ich bitte Sie, mich zu entschuldigen. Auch ich bin ein scheußliches Individuum, aber ich bin sauber, ich bin nicht indiskret.

Er wollte ironisch sein, aber auf seinen Lippen pfeift der Zorn.

– Maud, verzeihen Sie mir. Ich weiß, daß ich lächerlich bin. Aber ich habe eine entsetzliche Nacht verbracht...

Ohne zu wissen warum, hängt er ab. Seine Wut ist auf einen Schlag verraucht. Sie läßt ihn zitternd und schwach zurück, so schwach, daß er vor diesem Telefon in Tränen ausbricht, aber mit dem Trost, Maud vielleicht beunruhigt zu haben. Er wünscht ihr heftige Gewissensbisse, daß sie leiden möge wie er, etwas Kostbares vergeudet und besudelt zu haben. Er weint hemmungslos vor dem stummen Telefon. Maud wird nicht anrufen.

– Nein, es ist klar, sie macht sich über mich lustig! Müdigkeit, Mutlosigkeit, Langeweile, Ekel und das Übrige summen wie schmutzige Fliegen, die er nicht kennt. Julien ist schwindlig. Er tastet sich in sein Bett und wundert sich, als er am Spiegel vorbeikommt, daß seine Augen rot sind. Richtig, er hat ja geweint. Wie dumm ist das alles. Das ist er. Das ist er. So eine Schweinerei! Keine Worte sind grob genug. Alle Schimpfwörter sind abgedroschen.

Julien möchte schlafen. Jetzt liegt er angekleidet mit ausgestreckten Armen wie ein Gekreuzigter auf dem Bett und wartet auf etwas Endgültiges, auf das von Maud ausgelöste Läuten des Telefons oder auf den Schlaf, den wunderbaren Schlaf, weiß und schwarz, schwarz und schwarz. Seine Hände hängen herab und schmerzen. Er will sie nicht bewegen. Er wartet auf den Schlaf, den Schlaf, den Schlaf. Er wird nicht schlafen.

Der Tag ist nach dem Bild der Nacht geschaffen, wie Fotoabzüge nach den Negativen. Julien beginnt von neuem zu grübeln und zu leiden. Er ruft Maud.

Und doch weiß er, daß er nicht eifersüchtig ist. Nur ist er um eine Nacht gealtert, die zehn Jahre gedauert hat. Die Nacht und die zehn Jahre sind vorüber. Der Tag erstrahlt, und der Schlaf flieht, als wäre er von diesem Hund verfolgt, der Julien in die Brust beißt.

13. Kapitel

Während der Zug seinen Weg webt, lauscht Julien: er wiederholt sich die Gründe, die ihn zur Abreise bewogen haben. Er möchte sich gern überzeugen, aber vergeblich. »Ich tat nichts in Paris, außer leiden, nichts als mich täglich mehr entkräften. Ich hätte Maud wiedersehen sollen. Vielleicht. Nein. Schweigen ist besser. Sie wird erfahren, daß ich verreist bin, und wird sich sagen, daß es wahrscheinlich ihretwegen geschehen ist. Wahrscheinlich... Immer vielleicht, immer wahrscheinlich.«

Julien ist zerstreut. Landschaften gleiten vorüber, wechseln, und die Bahnhöfe, an denen man nicht hält, überschlagen sich vor seinen Augen. Kein Mensch auf den Bahnsteigen. Der Express fährt zu schnell. Man hat keine Zeit nachzudenken. Man vergißt, bevor man weiß.

Sein Gedächtnis rollt rückwärts. Er kehrt um, von den Wegweisern geführt, die Paris ankünden. Und vor seinen geröteten, trunkenen Augen ziehen all die braven, gewohnten Denkmäler ein letztes Mal vorüber. Der treue Eiffelturm glitzert wie ein fliegender Fisch, die Seine gurrt, die Seine spielt den Schwan. Paris ist traurig.

Julien reist ab? Er weiß es nicht mehr. Er belegt einen Platz und wartet auf die Abfahrt. Der Zug pustet und pfeift. Julien denkt an Paris. Er sieht eine Hand, die ihn an Fäden hält. Er ist allein. Der Eiffelturm glitzert getreulich wie ein Rabe, die Seine geht liebevoll schlafen. Julien kann nicht Adieu sagen, nicht einmal Aufwiedersehen. Er ist sozusagen abgereist. Jetzt kommt die Vorstadt, traurig wie ein schlecht rasierter Mann. Julien sieht Ivry nicht; er bleibt in Paris. Sie wissen schon, der Eiffelturm, die Seine ... Ein Zug, der Süd-Express, hat auf dem Orsay-Bahnhof einen jungen Mann mit einigem Gepäck aufgenommen. Aber man weiß: er fängt ein neues Leben an. Er ist weder blind noch taub. Sieht er? Er hört kaum. Und dennoch pfeift der Zug aus vollem Hals, wie ein lustiger Bursche, während er mit einer Stundengeschwindigkeit von zahllosen Kilometern dahingleitet. Julien wacht.

Er versteht nicht abzureisen. Er versteht nicht zu bleiben. Er reist ab, er kehrt zurück, er ist da, er ist anderswo.

»Ich habe recht gehabt abzureisen. Ich reise immer ab. Das ist eine Art wie eine andere, wieder heimzukehren. Trotzdem, welch ein Leben. Eine Station. Ja. Les Aubrays. Welch ein Wahnsinn. Orléans ist nur einige Kilometer entfernt. Ich pfeife darauf. Paris ist schon so fern. So fern, daß man nicht mehr daran denken muß. Ich reise in den Süden. Unbestimmtes Ziel. Es geht schon wieder weiter. Ich entferne mich noch ein wenig, ein ganz klein wenig mehr von Paris. Ist das ein Glück? Guten Abend. Nie hätte ich geglaubt, daß die Zeit so schnell vergeht. Schon tun mir die Beine weh. Ich langweile mich. Das ist die Sologne. Ich werde nie ein Jäger werden. Ich bin schon zu alt. Welch ein Leben. Man endet immer mit lateinischen Versen. Welch ein Wahnsinn. Ich wiederhole immer: welch ein Leben, welch ein Wahnsinn. Das ist ein Beweis meiner Intelligenz. Herrgott noch mal! Oft wünsche ich mir einen Unfall. Einen schönen Eisenbahnunfall. Die Zeitungen brennen lichterloh. Achtundzwanzig Tote, dreiundfünfzig Verletzte, der Lokomotivführer, der den Güterzug gerammt hat, ist verhaftet. Ich denke immer an den Tod: das ist eine Manie, und in Wirklichkeit habe ich furchtbare Angst davor. Also.«

Julien wird nicht schlafen.

Er ist abgereist, er ist unterwegs. Das genügt ihm. Was wird dort unten geschehen? Er weiß nicht einmal genau, wohin er fährt. Er versucht auch nicht, es sich vorzustellen. Ein Hotelzimmer, das ist immer ein Zimmer mit einem Bett, einem Schrank, zwei Stühlen, manchmal einem Sessel und einem Nachttisch. Die Tapete ist im allgemeinen ziemlich häßlich.

Er ist abgereist, wie man auf der Suche nach Träumen und Landschaften einschläft. Er ist abgereist, um das Dekor zu wechseln und um nicht immer von den Gegenständen an etwas erinnert zu werden. Er versucht, allen Gesichtern der Erinnerung Adieu zu sagen, den schlechten und den guten, diesen Erinnerungen, die ihn die Fäuste ballen lassen. Er hat seine brachliegende Domäne verlassen, in der er sich völlig untauglich fühlt, wo er nur zur Verzweiflung getrieben wird. Und sein Adieu klingt falsch, weil er schon daran denkt, daß er zurückkehren und alles wiederfinden wird, was er verlassen möchte. Würde man ihm die Augen ausreißen, so blieben immer noch die Hände, um die Dinge zu berühren! Er ist abgereist, aber da ist einer, der ihn verfolgt, einer, der er selbst ist, der ihn belauert, der ihn bei jeder Schwäche ertappt und sie mit einem lauten Hohngelächter noch unterstreicht. Der da verläßt ihn nie, ist treuer als sein Schatten und als sein Spiegelbild. List ist da nicht am Platz. Er ist da, er sieht ihn weniger, als er ihn hört. Um ihn zu beruhigen, macht er ihm vertrauliche Mitteilungen. Wenn er Glück hat und es ihm gelingt, ihn einige Tage lang irrezuleiten, dann ist die Angst, ihn plötzlich in dem Winkel einer Überlegung wiederzufinden, noch schrecklicher.

Der Zug setzt seine Fahrt mit so regelmäßiger Geschwindigkeit fort, daß es den Anschein erweckt, als fahre er langsamer. Die Landschaft wird grün. Es ist schöner Sonnenschein, sehr grausam und sehr zärtlich, die Sonne lustiger, ärmlicher Vorstadtbewohner, der Gärtchen der Pariser Umgebung, trocken wie Teppiche. Juliens Blick verliert sich in den Wolken, er läßt sich von dem Schwanken des Zugs wiegen. Er ist ein großes Gepäckstück, das einer mit sich führt, ein armer vernebelter Schwachkopf. Bald wird er aussteigen. Bahnbeamte werden ihn hin und her stoßen, ihn dann aus dem Bahnhof geleiten, und andere Angestellte werden ihn ins Hotel bringen. Es ist fünf Uhr dreißig oder fünf Uhr siebenunddreißig. Er ist angelangt. Er ist in seinem Zimmer. Das Fenster steht weit offen. Er sieht eine breite, staubige Allee, von Bäumen eingefaßt, die in eine triste Landschaft hinausführt.

Er ißt ganz allein zu Abend, einen Suppenteller vor sich. In einem Glas Wein spiegeln sich die Kronleuchter. Eine Frau mit zu roten Lippen lächelt die Reisenden verzückt an. Ein überfreundlicher Kellner serviert die Speisen nach Art der Chorknaben. Es sind Leute da, viele Leute, und schon ist es Nacht, wieder Nacht, immer wieder Nacht.

Wie die Stammgäste, so begibt auch Julien sich hinaus, um eine Zigarette zu rauchen und ein paar Schritte zu gehen. Er entdeckt das Land bei Nacht, die Nacht, die am Straßenrand erbleicht. Sein Schritt dröhnt. Vagabund der dreihundert Meter, irrt er umher, rings um die Häuser, längs der Cafés. Fußgänger kreuzen diesen Fußgänger und wundern sich, ein neues Gesicht zu sehen. Man dreht sich um und sieht diesem hochaufgeschossenen Menschen nach. Er zuckt mit den Achseln. Er lächelt nicht. Fenster werden hell: es ist erst neun Uhr. Noch Zeit zu verlieren. Da ist gerade ein Tabakladen. Eine Zigarre? Nein. Englische Zigaretten. Danke.

Julien sieht sich andere Hotels an. Vielleicht sind sie bequemer und ruhiger? Ja, sie sind sympathischer. Macht nichts. Es ist beinahe dreiviertel zehn. Ein paar Schritte auf der Landstraße? Nein. Auf diesen breiten, weißen, geraden Linien denkt man zu viel. Besser nach Hause gehen. Ein wenig Mut, noch eine Zigarette.

Julien ist in seinem Zimmer. Er versucht die Sessel, das Bett. Er schlägt das Kopfkissen wie einen Punchingball und läßt seine Armmuskeln spielen. Mit geschlossenen Augen kleidet er sich aus. Tastend. Wieder muß man versuchen, zu schlafen. Nichts ist leichter. Er ist überzeugt davon. Er schläft ein. Stunden sind vergangen. Er wacht auf. Es sieht Julien ähnlich, daß er sich gewünscht hat, allein in diesem Zimmer zu sein, das er sich bequem, lustig und anonym vorstellte. Er hatte fest darauf gehofft, hier die glitzernden Lumpen abzustreifen und seinen schlimmen Trübsinn weit von sich zu werfen. Er steht vor einer Mauer und vor der Nacht um drei Uhr morgens, schlaflos. Eine Zigarette verzehrt sich zwischen seinen Fingerspitzen. Eine kleine Uhr tickt, und von Zeit zu Zeit knackt es in einem Möbelstück. Schon dreimal hat Julien den Lichtschalter an- und ausgeknipst. Er lauert auf nächtliche Zwischenfälle. Er möchte gern eine Tür schlagen, eine Mücke summen hören. Er wirft sich in seinem Bett hin und her, um Lärm zu machen, damit er sich weniger allein fühlt. Er versteht weder was er bedauert noch was er erwartet. Er kann nicht schlafen, und doch ist er schläfrig. Er hat Angst vor der Einsamkeit, und er fürchtet die Nachbarn. Durst peinigt ihn. Aber er bringt nicht den Willen auf, die Hand auszustrecken, um nach einem Glas zu greifen. Er leidet ein wenig unter der feuchten Hitze, der Durst plagt ihn sehr, und sein Kopf, der ihm weh tut, ist wie geschwollen.

Die Nacht wird nie vergehen. Sie zieht sich hin wie der Rauch einer Zigarette, der bläulich aufsteigt und sich im Dunkel verliert. Hoffnung und Verzweiflung. Fern oder nah, die Zeit entgeht dem Zwang des Gehirns. Ohnmacht. Je weiter man sich von einem Ausgangspunkt zu entfernen scheint, um so klarer wird es, daß er nur hinter einem liegt, daß er sich nur dreht wie die Erde und wie der Schatten.

Es kam die Stunde, die tragische Stunde der Schlaflosigkeit zwischen Nacht und Tag, etwa gegen fünf Uhr, eine schwankende Stunde, warm und kalt zugleich, als er sich mit größter Hellsicht, mit der wahren Liebe der Grausamkeit, über seinen tatsächlichen Niedergang klar wurde. Sein Gedächtnis schien um seinen ausgestreckten Körper zu flattern, seine Arme entfernten sich von ihm. Die Stunde kam, da der

Sturz in seinen Augen vollendet war, da er sich an die Gebete seiner Kindheit erinnerte. Gott war für ihn nur ein Glaube. Ihm gegenüber stand die Erinnerung an eine Macht, der er sich einst anvertraute und die ihm den Frieden schenkte, den er für ewig hielt. Er fiel auf einen Schlag in die Kindheit zurück und erkannte die Angst, die erbleichte, um sich endlich beim Namen Gottes aufzulösen.

Das Leben, was er Leben nannte, die Flut seiner Vergangenheit, ließ rings um ihn her Ablagerungen zurück, ein angeschwemmtes, ödes, totes Land, wo dennoch, einem Wunder gleich, einige Sterne funkelten. Wenn er die Augen öffnete und den roten Sessel, den kleinen, mit einer Glasplatte bedeckten Tisch, die Dienstlampe betrachtete, sah er sich um mehrere Jahre, um einige Jahrzehnte gealtert und wurde ein mürrischer Greis. Dann erschienen vor seinen Augen, mit der gleichen Sorgfalt und der Freude der Kinder (dieser Freude, die ihm weh tat), bunt bemalte Würfel, seine Trauer vergangener, unzählbarer Tage. Die Nacht, die noch herrschte, war davon sternenhell.

Die weiten Räume des Leidens, die Julien schnellen Fluges durcheilte, verursachten ihm nicht einmal mehr Herzklopfen. Er verglich sich mit jenen kleinen Fischen, die nicht einmal ins Wasser zurückgeworfen werden, weil sie zu winzig sind und die am Ufer liegenbleiben, wo sie schwach nach Luft schnappen. Er gedachte ihrer rollenden Augen, ihrer Todeserwartung, die ihnen den Atem raubte.

Der Morgen naht, so bleich, daß er Kälte verbreitet, und Julien schließt noch einmal, mit bestem Willen und mit Hoffnung, seine schweren Augenlider. Hinter der dünnen Wand hört er Wasser in eine Badewanne laufen, das Hin und Her eines Ehepaares, das gleichmäßige Schlurfen der Pantoffeln. Und wieder öffnen sich seine Augenlider, um seinem Blick zu erlauben, sich auf die kleinen Gegenstände zu legen, auf seinen halb geöffneten Koffer, auf Kamm und Bürste, die auf dem Kamin liegen, auf einen Zigarettenstummel, den er in eine Ecke geworfen hat.

Julien sagt sich zwar, daß er unter diesen Umständen nichts Besseres tun kann, als aufzustehen und auszugehen, aber es fehlt ihm der Mut. Er wartet einige Minuten, mehrere Viertelstunden, bis er sich den Ruck geben kann, aufzustehen. Wie alle Schwachen sucht er nach Entschuldigungen.

»Schließlich ist es doch sinnlos, sinnlos, unter dem Himmel und in den Straßen umherzulaufen.« Seine Feigheit ist stumm. Im Lärm des Morgens, der durch die Spalten der Fensterläden hereinspringt, schleicht er kraftlos, mit halbgeschlossenen Augen dahin.

Julien fürchtet sich, zu denken. Wie Fliegen verscheucht er die Bilder, die vor seinen Augen aufsteigen. Er kämpft mit seinem Gedächtnis, mit seiner Vorstellungskraft. Sobald die Ideen sich verräterisch zusammentun, um ihn an einen trostlosen Ort zu tragen, schneidet er die Kette durch und folgt einem anderen Weg. Dann ist jede List erlaubt.

Es hat geklopft. Man bringt ihm das Frühstück. Immer dasselbe. Die Stunden fließen dahin, träger als Harztränen. Man sieht ihre Bewegung nicht, und plötzlich, unversehens, sind sie ein Stückchen weitergeflossen. Frühstücksstunde.

Aus menschlichem Respekt setzt er sich aufrecht hin. Er läßt ein Bad einlaufen. Jetzt steht er nackt vor seinem Spiegelschrank. Julien wird dreißig Jahre alt. Sein Körper ist noch jung. Seine Muskeln spielen ruhig, aber geben ein wenig nach. Etwas Fett liegt auf seinen Rippen, bläht seinen Bauch. Er denkt nach. Alles, was er seine Vergangenheit nennt, steht ihm auf der Haut geschrieben. »Meine Beine sind schlaffer geworden...« Er ist wie der Riese Atlas, ein Jahrmarktsriese, und sein Herz schlägt nicht mehr so weit. Als ob es zu schwer wäre. Er schämt sich nicht, er ist nicht stolz. Er denkt nach, aber »das bringt ihn nicht weiter«.

Jetzt ist er fertig. Er hat eine schöne, neue Krawatte gewählt, um sich ein kleines Vergnügen zu gönnen. Er bespiegelt sich. Er ist gleichsam neu angeschirrt in seinem Sommerfrischleranzug, demselben, den er damals trug, als er Maud zum ersten Mal sah; es war übrigens auch derselbe beim letzten Mal. »Ein Flegel bin ich, ein gemeiner Flegel!«

Er geht fort. Er verläßt das Zimmer, wo die Nacht stärker ist als der Schlaf. Er setzt sich in den schlecht gepflegten Garten des Hotels, ein Garten aus Sand und Blumen mit hängenden Köpfen. Er betrachtet eine junge Frau, die sehr aufmerksam liest. Diese Gegenwart schmerzt ihn ein wenig. Fast hat er Lust, mit ihr zu sprechen, um zu klagen. Er würde nichts weiter von ihr verlangen als einen Duft, bleiche Hände und einen gewissen Blick, der weder der einer Mutter noch der einer Geliebten ist. Er würde ihr nicht sagen, er liebe sie. Vielleicht würde sie ihn anhören.

»Es geht mir heute gar nicht gut«, murmelt Julien leise. Schon denkt er daran, zurückzureisen. »Hol's der Teufel!« sagt er. Und er geht fort, von der Sonne und der Hitze auf die Landstraße getrieben, die, von kümmerlichen Palmen eingefaßt, sehr feucht und voller Staub ist.

14. Kapitel

Juliens Abreise hatte sich ohne Angst vollzogen, ohne Freude kehrte er zurück. Konnte er vergessen, konnte er sich anderswo anpassen? Nichts vermochte ihn zu verwundern, nirgends fühlte er sich fremd.

Paris bedeutete für ihn dreieinhalb Millionen zäher Gewohnheiten, die Gewißheit, den Schall seiner Schritte, den Geruch einer Straße, den Schnitt eines Gesichts zu erkennen. Er fühlte sich an dieses weite Herz gebunden, an die Erinnerung, die eine Stadt für einen bleibt, der man nicht entrinnen kann. Man denkt nicht an alles, aber man lebt von allem und von nichts. Jede Minute gestaltet sich neu, stellt sich selbsttätig wieder her.

Auf einen Schlag, an einem einzigen Tag, dank einem einzigen Abend, eroberte Julien seinen Platz, sein Gleichgewicht, seinen Rausch zurück.

Julien, der geheimnisvolle Julien, der einzige Julien wird schlafen. Was tut er? Er schnarcht. Was tut er? Er träumt und verscheucht eine Fliege. Julien wird wach. Er gähnt, er streckt sich, er richtet sich auf ... Ein »neuer« Tag beginnt. Der nächste Tag.

Der folgende Tag ist ein Sonntag, der Tag der Woche, den Julien am meisten verabscheut. Alles erscheint ihm feindselig, von den Sonderausgaben der Zeitungen, die man ihm bringt, bis zu den obligatorischen Diners, die ihm aufgezwungen werden, »weil Sonntag ist«. Er behauptet, daß ihm auf den Straßen nur unsympathische Leute begegnen, die er gut kennt, oder Ammen in Begleitung von Militärs. Es ist wie verhext. Man muß sich ausruhen, und sein Müßiggang paßt sich schlecht dem der anderen an.

Von sieben Uhr morgens an klingelt das Telefon: »Hallo! Sind Sie es, Julien?« – »Ja, ich bin's!« – »Kommen Sie mit in unserm Auto, wir wollen im Wald von Sénart spazierenfahren.« – »Nein, danke!« brüllt Julien. »Heute ist Sonntag, und da bleibe ich ganz allein in meinem Zimmer, im Schlafrock und in Pantoffeln, und den ganzen Tag tue ich nichts. Ich habe massenhaft Zigaretten, die Jones mir gestern aus London mitgebracht hat, einen nagelneuen Füllfederhalter, der mir gefällt, und sehr amüsante Bücher. Ich gedenke, so lange wie möglich zu schlafen, und habe Adele befohlen, mir gegen fünf Uhr Tee und Bücher zu bringen.« – »Was sind Sie für ein Narr! Hallo! Hängen Sie nicht ab!«

Aber trotz dieses Programms rast Julien vor Wut. Im ganzen Haus ist ein dauerndes Hin- und Hergeschiebe. Weil Sonntag ist, werden Teller zerschlagen, Kinder zum Weinen gebracht; weil Sonntag ist, halten die Autos vor der Tür und machen Sonntagslärm; weil Sonntag ist, läutet man, um eingeschriebene Briefe zu bringen. Es zieht. Teppiche werden geklopft; man weint, man singt, all das, weil Sonntag ist.

Der Wind trägt Glockengeläut herüber, Gebell, Autobus- und Straßenbahngeklingel. Aus weiter Ferne eine Schleppersirene: es ist, als fülle sie das Zimmer mit unsichtbarem Rauch; aus größerer Nähe gleitet das Pfeifen eines Zuges heran wie eine Schlange.

Julien will Ruhe haben. Er schließt Fensterläden und Vorhänge, steckt den Kopf unter das Kopfkissen und zieht Laken und Daunendecke darüber. Man kennt diese langen Sonntage, an denen das Leben plötzlich langsamer läuft. Man wünscht sich eine Gegenwart herbei: der Schlaf allein nähert sich mit Honighänden und mit traurigen Vogelaugen. Wird sich irgendein Lebender endlich entschließen? All das ist zu einfach. Wünsche sind Luft und Melancholie. Eine Sekunde lang willigt man ein, auf gut Glück einen Liter seines eigenen Blutes aufs Spiel zu setzen. Was würde man nicht wagen, um die Zeit zu verlieren? Zweifellos nichts oder alles, was man besitzt. Dies ist der Augenblick, in dem man sich fragt, was unsereinem denn wirklich gehört. Man fürchtet, daß alles wegläuft, und man freut sich, noch da zu sein, allein, ohne Kraft und ohne Gesetz. Ist dieses ganze Terrain, diese ganze verpfuschte Zeit zu schön? Niemand antwortet auf den Ruf nach Bewunderung, auf die klare Sicht nach dem Rausch.

Die Stunden vergehen; sie jagen den Schlaf und weben das Schweigen, dann die Langeweile. Julien kämpft gegen Nervosität und gegen Muskelschmerzen. Er will lesen. Immer sind es Abenteuerromane oder Reisebeschreibungen, die ihm in die Hände fallen. Er sucht einen Roman, der nicht anstrengend zu lesen ist, einen Roman, der keine Handlung hat, aber sein Suchen ist vergeblich. Die Dichter sprechen von Gärten, von Bewegung, von Absturz oder Liebe. Der Abend nähert sich. Adele bringt ihm Tee. Noch eine Stunde vergeht. Eine halbe Stunde. Eine viertel Stunde. Es ist aus. Der Sonntag ist zu Ende. Die Hausangestellten binden Schürzen um, die Militärs kehren in ihre Kasernen zurück. Julien kann ausgehen. Die Straße gehört ihm.

Die Lichtreklamen werfen kokette Blicke, die großen Schaufenster sind beschlagen, aus den Kellerlöchern dringt der Geruch von heißem Fett, hier ist die Straße, die Gosse, hier die Fußgänger, die Wagen, das Licht der Straßenlaternen. Tabak. Liköre. Im hinteren Raum wird Billard gespielt; man diskutiert die auswärtige Politik des Ministerpräsidenten. Auf einem Plakat wird ein Refrain gebrüllt. Ein Hund ist verloren. Finderlohn.

An einer Straßenecke die Abendzeitungen. An einer andern Ecke verkauft ein Maronenhändler Apfelsinen. Und Ziffern, kleine rote Augen, Notsignale für Gerüste. Ein langer, anonymer Boulevard, fast menschenleer, und der Park

Monceau, der einschläft wie ein luftleerer Ballon. An einer Straßenecke eine helle Stimme: »Kommst du mit, Liebling?«

Julien lacht. Er dreht sich um und lächelt. »Mein Kleiner!« Die ruhige Zärtlichkeit in diesem Ruf! »Hör zu«, beginnt die Stimme von neuem. »Du hast unrecht«, spricht sie weiter. Julien lacht nicht mehr. Er glaubt in dieser Stimme den sonntäglichen Notschrei zu erkennen. Er steht still, um eine Zigarette anzuzünden. Er hört aber auch die Lehre. Er sieht diese Frau an, ihre Augen, die nicht von ihm lassen, die ihn ansehen, und ihre Hände, die nach seinem Arm greifen. »Ich habe Hunger«, antwortet er. »Ich auch.«

Die Nacht ist die gleiche. Es ist Sonntag. Das ist also eine Entschuldigung. Er folgt dieser Frau. Er lauscht ihr, um nicht zu hören, er betrachtet sie, um nicht zu sehen. Und zwei Schatten gleiten an einer Straßenlaterne vorüber.

So ist morgen, übermorgen und alle anderen Tage. Trotzdem, morgen muß man etwas tun. Der Zufall wird entscheiden. Es ist die Lotterie der besten Wege. Vielleicht wird das Jahre dauern. Wie kann man das wissen? Manchmal ergreift die Angst den geheimnisvollen Julien. Er macht sich Sorgen und regt sich furchtbar auf. Ein andermal fühlt er sich sehr froh, sehr glücklich und ist mit seinem Schicksal zufrieden. Den tieferen Grund dafür kennt er nicht.

Eines Abends wird er eingeladen, Bakkarat zu spielen. Er ereifert sich, verliert oder gewinnt. Eines Abends wird er ins Theater eingeladen. Er gähnt, lacht und klatscht Beifall. Er wird gebeten, an einer Protest-Versammlung gegen die Deportation eines argentinischen Kommunisten teilzunehmen. Er schreit, applaudiert und verläßt die Versammlung, um frische Luft zu schnappen. Er hat keine Überzeugung. Er sucht eine Richtung. Man schlägt ihm eine bestimmte Politik vor. Er lächelt. Man macht ihn auf etwas Hassenswertes aufmerksam. Er lächelt wieder. Gewissenhaft sucht er, was er wohl tun könnte. Wenn er es gefunden hat, zögert er nicht.

So hatte er eine Woche lang die Idee, alle Pariser und Vorstadt-Bordelle zu besuchen. Das geschah angeblich, um Auskünfte zu sammeln mit der Absicht, einen Roman zu schreiben. Sehr schnell war er angewidert und gab diese Besichtigung auf. Er wollte Journalist werden und begann eine Artikelreihe über den Schmutz in Paris. Seine Artikel wurden abgelehnt. »Solche Idioten!« sagte er und dachte an etwas anderes. Er dachte immer an etwas anderes. Seine Mutter schenkte ihm ein Auto. Drei Tage lang lernte er, wie Explosionsmotoren funktionieren. Er hatte einen kleinen Unfall und verkaufte das Auto.

Und sein Leben verzehrte sich, belanglos wie eine liegengelassene Zigarette. Von Zeit zu Zeit, um nicht die Gewohnheit zu verlieren, schrieb er ein Gedicht, aber ohne ihm mehr Wichtigkeit beizumessen, als es verdiente. Er hatte keine Spur von Ehrgeiz. Er war nur faul, weil er die Arbeit einiger seiner Freunde verachtete. Manchmal jedoch bewunderte er sie, dann aber, um sich über sein Leben zu trösten, sagte er noch einmal: »Wozu?« und machte sich über sie lustig, nannte sie »Galeerensträflinge« oder »Federfuchser« und lachte höhnisch. Er litt nicht. Einen Monat lang ließ er sich von Freunden mitreißen und betrank sich gewissenhaft jeden Abend, ohne es weiter zu beachten. Das war eine Beschäftigung wie eine andere. Eine gewisse unbewußte Scham hinderte ihn jedoch, vor sieben Uhr abends zu trinken. Aber er erwartete diese Schicksalsstunde mit Ungeduld. Dieses absichtlich Unbewußte gefiel ihm: es entsprach dem Dandy in ihm. Am folgenden Tag sagte er sich mit einer Art von Stolz: »Wie war ich doch gestern abend betrunken!« Kopfschmerzen leisteten ihm tagsüber Gesellschaft. Manchmal sprach er noch, wenn er sehr betrunken war, von »moralischer Gesundheit«, aber mit lautem Lachen. Er wurde gewalttätig und rühmte sich, jedem, der ihn ärgern würde, »die Fresse einzuschlagen«. Und er tat, was er sagte, indem er einem Kellner, der ihm mit übertriebener Aufdringlichkeit Champagner empfahl, eine

Flasche an den Kopf warf. Er verbrachte die Nacht auf einem Polizeirevier. Am nächsten Morgen ließ man ihn frei, weil der Polizeikommissar auch ein Dichter war. Er erzählte dieses Abenteuer am nächsten Tag und an den folgenden Abenden.

Julien nennt Gefahr, Geschwindigkeit und Vergnügen, was ihn anzieht und fasziniert. Julien, Held seiner Zeit, Bild seines Alters, bläst sein Leben auf wie eine Seifenblase. Er wundert sich, daß sie noch nicht zerplatzt. Da fliegt sie schon davon, steigt bis zum Himmel empor, bis zu Gott. Oh, schillernde, leichte, ferne, schöne, geschmeidige, unfaßbare, wunderbare, sphärische Wolken-Seifenblase...

Julien, Sieger und Besiegter, kann nur blasen, blasen, mit feurigem Eifer blasen, so, wie er lebt. Seine Hände sind leer, sein Körper ist schön, sein Herz schlägt. Rings um ihn ist Liebe, Tod, Leben. Entschlossener als ein siegreicher General geht er vorüber, leidenschaftlicher als ein entthronter König; er ist ein Anwärter auf...

Julien, Enkelsohn, Sohn, Bruder, einer der Helden aller Besiegten, von der Zeit und vom Leben Besiegten.

Sterblich und gleichgültig.

Wenn er betrunken war, wurde er furchtbar geschwätzig. Grausam wiederholte er sämtlichen Klatsch und riß Witze. Man bewunderte seinen Geist, und so kam er in einem kleinen Kreis zu einer gewissen Berühmtheit. Von dort gelangte sein Ruf in einige Redaktionsbüros, und eines schönen Abends suchte ihn ein Journalist auf, der eine Umfrage über die »Junge Generation« machte. Er stellte ihm Fragen. Julien lächelte höhnisch. Er trank. Der erschrockene Journalist drückte ihm die Hand und wollte gehen. Julien packte ihn beim Ärmel und zwang ihn, sich neben ihn zu setzen.

– Ich habe keine Überzeugung. Ich bin ein Dichter, ohne zu wissen warum.

– Aber Sie schreiben doch, mein lieber Kollege. Warum?

– Weiß man das?

– Wann haben Sie angefangen?

Julien trank.

– Lieber Freund, ich erinnere mich nicht genau. Ich weiß, daß ich krank war.

– Erinnern Sie sich, mein lieber Kollege.

Julien ballt die Fäuste.

– Mich erinnern? Sie wollen lachen! Ja, ich erinnere mich. Ich erinnere mich sogar sehr genau. Ich habe einen Menschen gekannt. Er war mein Pate. Ich habe ihn gesehen, ich habe ihn gehört, ich sehe ihn und ich höre ihn. Er kam zu mir, und ich mochte ihn gern. Seine Hände schienen mir Wunder zu wirken. Er holte mich bei meinen Eltern ab und nahm mich bei der Hand. Wir gingen in die Museen, in den Zirkus und bis zum Eiffelturm. Im Frühling gingen wir an den Seine-Ufern spazieren. Er blieb stehen, um mit den Schiffern zu sprechen, den Hebekränen bei der Arbeit zuzusehen und mir das Tun und Treiben im Hafen zu erklären. Wir gingen zu ihm nach Hause. Alles war einfach. Ich verstand. Er hatte Landkarten, seltsame Waffen, unbekannte Gegenstände, die mir vertraut wurden. Vor allem aber war da sein Leben und dieses Licht, das sanft war und leicht wie Honig. Er erzählte mir Geschichten in bezug auf alles und nichts. Seine Worte flogen umher, dann setzten sie sich auf einen Gegenstand unserer Umgebung. Ich wurde von ihm beherrscht. Ich weiß es. Ich träumte dieses Leben und lebte es manchmal im Traum. Als ich anfing, fließend zu lesen, ohne zu buchstabieren, zog mich ein Satz in seine Träume. Ich fand eine Erinnerung an meinen Freund wieder; ich dachte an einen Blick, an den Klang seiner Stimme...

– Kellner, einen Whisky!

– Wann immer ich ihn sah, stellte ich ihm Fragen. Ich überwachte meine Lektüre. Nur ihm allein glaubte ich, weil er »gesehen« hatte. Als ich neunzehn Jahre alt war, wurde ich krank oder sozusagen krank. Ich litt auf seltsame Weise, ohne es mir einzugestehen: ich war die Beute eines brennenden Fiebers. Rückblicke, Selbstprüfungen, Entdeckungen, Präzisionen. Mein vereinsamtes Gedächtnis nahm seinen wahren Platz ein, verbreitete sich wie Öl. Alle meine Sinne waren gelähmt. Allein das Gehör war noch wach und entstellte die Geräusche. Ich erfuhr später, daß das Klirren eines Löffels, der eine Tasse berührte, für mein Gehör das Abmarschsignal, die Alarmtrommel wurde.

Vierzig Tage lang bildeten die Worte eine Kette um meinen Schädel. Es war eine Wortfolge ohne irgendwelchen Zusammenhang. Ich kann sie noch auswendig: ›Palan, jacquemart, bouée, obsidiane, alidade, mangouste, pelamide‹. Das Fieber erhöhte die Geschwindigkeit dieses Wortwirbels. Die Worte waren plötzlich da, tanzten zuerst um meine Ohren, dann um meine Augen. Ich hielt sie für Insekten. Ohne ihnen zunächst irgendeinen Sinn zu geben, las ich die Buchstaben einzeln. Allmählich aber, wie rote Luftballons, füllten sie sich mit Bedeutung und flogen schließlich davon. Es gibt Kranke, die zählen die Streublumen auf der Tapete ihres Zimmers. Die Wörter ließen mir keine Zeit mehr. Ich lebte auf vertrautem Fuß mit ihnen, dann entfernten sie sich allmählich, lösten sich voneinander. Sie waren alle von einer Wolke eingehüllt; die einen waren das Meer, die Ufer, die Schiffe, die Ruder; die anderen eine Stadt, ein Haus, ein Café, ein Revolver oder auch ein Zug, ein galoppierendes Pferd, ein Mensch, zwei Menschen, eine Menschenmenge. Und diese Landschaften, diese Gesichter erkannte ich, ich wußte, daß ich sie schon gesehen hatte. Die Bewegungslosigkeit, die regelmäßigen Besuche der Krankenschwester und ihre Arzneien und Medikamente hinderten mich, von ihnen zu flüchten. Sie drängten sich auf wie ein Alpdruck, aber ohne die Angst. Alle diese »Fotografien« entwickelten und vergrößerten sich. Die Einzelheiten einer Ansicht verbanden sich, während sie deutlicher wurden, mit den Einzelheiten anderer Ansichten. Es war ein großer Tag für mich, als ich die Verbindung begriff: diese Entdekkung war eine gewaltige Erlösung, die des Gelehrten, der einen Berührungspunkt findet, die eines Eifersüchtigen, der endlich den Beweis seines Unglücks besitzt.

Schnell, mit der Wildheit eines Stromes, der sich in die Bresche eines Staudamms stürzt, schloß ich den Kreis der Worte und der Landschaften. Das ganze Leben meines Freundes zog an mir vorüber. Ich folgte ihm leicht und ruhig, als säße ich in einer Barke, die mit der Strömung dahingleitet. Ich durcheilte dieses Leben mit der Geschwindigkeit eines Traums. Eine leichte Anstrengung genügte, um es von Anfang bis Ende zu übersehen. Gehorsam rollte es sich vor mir ab, mehr oder weniger langsam. So konnte ich einen Punkt sorgfältig beobachten, der mir noch dunkel erschien, das heißt, den mein Gedächtnis nicht mit der gleichen Schärfe hatte bewahren können. Mehrere Tage lang setzte ich diese Durchsicht fort.

Meine Genesung begann. Ich war immer noch nicht von dieser Besessenheit erlöst. Ich las, dachte, sah unaufhörlich alles neu. Das Rad drehte sich. Ich konnte nur an diesen Wirbel denken. Eine grenzenlose und schmerzhafte Nervosität zwang mich immer wieder, diesen Faden neu zu knüpfen. Ich war abwesend. Als ich wieder zu Kräften kam, lebte ich dieses Leben. Meine Sinne, meine Muskeln nahmen an dieser Bemühung teil. Meine Augen, meine eigenen Augen sahen, meine Hände berührten, und auf meinen Lippen schmeckte ich Meersalz. Ich hörte mich mit einer fremden Stimme sprechen. Man nannte mich bei einem anderen Namen; es war der Name meines Freundes.

Wie lange dauerte dieses Leben? Ich kann es nicht mehr genau sagen. Ich sprach ganz laut. Ich hielt Zwiegespräche. Ich antwortete mir trocken, gründlich, mühsam, wie die »Subjekte« ihrem Hypnotiseur antworten. Eines Tages (ich erinnere mich, lieber Kollege) war herrliches Wetter. Die Sonne spielte in meinem Zimmer, glitt unter die Möbel, rollte sich zärtlich um die Sesselfüße, schoß auf den Fensterscheiben Purzelbäume. Ich beschloß, diese Glückseligkeit zu verlassen. Energisch wie ein angehender Selbstmörder nahm ich einen Federhalter und begann den Bericht dieses Lebens. Ich schrieb mehrere Wochen lang, fast ohne Unterbrechung.

Ich habe meinem Freund nie diesen Bericht gezeigt. Er kam manchmal zu mir und versuchte, mich zu zerstreuen. Ich stellte ihm unentwegt Fragen, weil mich Zweifel plagten. Nur mir erzählte er gern. Die Augen fest auf ihn gerichtet, hörte ich gierig, wollüstig zu, als ob alle seine Worte meinen Durst stillten. Die Einzelheiten paßten zusammen, und ich war auf meine Art glücklich. Nachts zog ich die großen weißen Blätter wieder hervor und schrieb, soviel ich nur konnte. Manchmal trieb der Mond seinen Spaß mit mir, und ich war trotz der Lampe aufgebracht.

Schreiben. Eine gerade Linie verfolgen. Eine große Mauer. Das zögernde Vorwärtstasten der Blinden. Die gerade Linie beginnt von neuem: man folgt ihr, als gleite man auf Schienen. Ein Anlauf führt zu einer Geschwindigkeit, die einem den Atem verschlägt und die entsetzt. Ich konnte nicht anhalten. Hinter mir stand einer, der führte meine Hand, umklammerte mein Handgelenk und flüsterte wahnsinnige Worte. War es ein Gewitter, ein Sturz in den Abgrund? Ein Unfall? Dieser Rausch riß mich mit. Wenn ein Satz plötzlich festsaß, bäumte sich meine Feder, und schon knirschte ich mit den Zähnen.

Ich schrieb, ich schrieb, Nacht für Nacht. Die Zigaretten, die sich neben mir verzehrten, schienen mich zu rufen, und wütend atmete ich den Rauch ein, der nervte.

Der Journalist macht Notizen. Insgeheim denkt er: »Das gibt einen schönen Artikel!« Julien ist außer Atem. Der zerstreute Journalist bedrängt ihn:

– Und dann?

– Nun, lieber Herr, ich habe weitergeschrieben, ich schreibe weiter.

– Und dann? fängt der liebe Kollege wieder an.

– Oh! Ich schreibe weiter, immer weiter. Das ist entsetzlich, sagt Julien, aber ich schreibe weiter. Es war gewiß nicht der Mühe wert, zu zittern und die lumpigen Begierden aufzugeben. Aber man wählt nie. Mit verstörten Augen folgt man dem vorgezeichneten Pfad und dem Schatten des Windes. Man soll nie aufhören, an die Ewigkeit zu glauben, um sich an die Organisation dieses kleinen Raumes und dieser begrenzten Zeit heranzuwagen, dieses kleinen Zeitraumes, der uns zugefallen ist. Die Sonne zieht vorüber, immer wieder vorüber, von Blick zu Blick, wie eine Familienangehörige, wie ein Hausgestirn. Seit 192... ist sie entwertet. Die Leute, die beschlossen haben, das wilde Tier, das auf dem Grund ihrer Brust beißt und brüllt, zu zähmen, sind gezwungen, Brillen zu tragen, die den Horizont in größere Ferne rücken, um nicht Mut und Hoffnung zu verlieren. Der Kampf ist nicht mehr so heiß: er entspricht dem Kampf zwischen Männern und Äffinnen, dem Kampf, der noch lächerlicher ist, zwischen Äffinnen und Nüssen. Das Licht, das diese Paraden erhellt, ist gelb, beinahe rot. Die Leute, die dieses Betasten zurückweisen, verstehen die Trauer und die Freude zwölfstündiger Tage und mondloser Nächte.

Juliens Freunde haben sich um die beiden Komplizen geschart und schicken sich an, Beifall zu klatschen, aber Stirnrunzeln und der Blick ihres Freundes läßt sie begreifen, daß hier nicht gespaßt wird.

Die Bar dreht sich um eine Achse. Die Flaschen um sich selbst. Die Jazztrommel scheint mit Krepp verschleiert. Ein unerklärliches Schweigen breitet sich aus: der Ventilator steht plötzlich still, der Barmixer hört auf einmal auf, seine Becher zu schütteln. Julien schließt die Augen. Dann öffnet sich die Tür: neue Gäste nehmen Platz und bestellen Champagner. Sie lächeln. Gewohnheitsmäßig gibt Julien ein Zeichen. Der Journalist, aus Furcht, zu vergessen, drückt seinem lieben Kollegen schnell die Hand und verschwindet wie ein Windstoß, wobei er vergißt, seine Zeche zu bezahlen. Julien ruft ihn zurück, dann gesteht er ihm beschämt: »Alles, was ich Ihnen erzählt habe, ist erfunden. Ich bin total betrunken.«

Mit schwerem Kopf, eine erloschene Zigarette an die Lippen geklebt, geht Julien nach Hause. Heute abend schlägt er kein Rad mit seinem Spazierstock; er pfeift auch nicht.

Er beschließt, in die Bretagne zu reisen... Nein. Die Blumen langweilen ihn. Er kehrt nach Paris zurück. Zwei bis drei Wochen vergehen, und er reist in die Auvergne. Nein. Die Bäume sind zu häßlich; die Rue du Colonel-Moll mit ihren Obsthandlungen und Metzgereien ist ihm lieber. Er läuft zu unbestimmten Verabredungen. Er ändert einige seiner Gewohnheiten: anstatt zu rauchen, kaut er Kaugummi; anstatt zu lächeln, reibt er sich die Hände. Er kauft ein Grammophon. Erneute Abreise, baldige Rückkehr. Er beginnt, moderne Bilder zu sammeln. Er nimmt seine früheren Gewohnheiten wieder auf: rauchen, lächeln... Seine Wohnung in der Rue du Colonel-Moll mißfällt ihm. Von jetzt an wohnt er bei Berthe. Vierzehn Tage später versetzt er seine kleine Freundin. Er wird sie erst drei oder vier Tage später wiedersehen. Er erfreut sich seiner Freiheit, prahlt damit und ruft: »Endlich!« Er wird eine Einsamkeitskur machen.

Paris belauert ihn wie ein sanfter Tintenfisch. Er kann diese Stadt nicht verlassen. Er geht über die Stadtgrenze hinaus und gesteht aufrichtig: »Ich habe schon Heimweh.« Er sagt auch: »Paris ist die schönste Feuersbrunst, die ich kenne.« Und er gibt sich mit Leib und Seele dieser Stadt hin, deren Namen er mit verrückter Zärtlichkeit ausspricht. Paris dreht sich, Paris brennt, Paris wie eine Sonne, ein Bienenstock und Strahlen und Schreie, Paris wie eine Stadt ohne Grenzen. Da ist ein Pariser mehr, der sich vor Lachen nicht halten kann, der träge sein ganzes Königreich zurückerobert hat mit seinen Cafés, seinen Zeitungen, seinen Freunden, seinen langen Abenden, seinem stundenlangen Schlaf.

Julien hat keinen Appetit. Der Winter ist gekommen. Der

Regen klatscht Sternchen auf die Trottoirs. Eine träge Hitze durchdringt die Häuser, die Räume, die Bars. Julien schleppt sich Abend für Abend seines Lebens nach rechts, nach links, wie ein trauriger Musiker. Sein diskreter Schatten jagt ihn aus seinem Zimmer.

Eines Tages, als Julien einen Kragenknopf suchte, bemerkte er eine rote, staubbedeckte Aktenmappe. Wie einen alten Kameraden erkannte er »seinen Roman«. Wie viele Jahre waren vergangen, seit er die letzte Zeile schrieb? Aus Neugierde und Melancholie las er die letzten Absätze wieder: »Er starb. Es war eine langsame Agonie. Er sah rot. Die Menschen, die ihn gekannt hatten...«

Er las nicht weiter. Sanft schloß er die rote Mappe, zögerte einige Sekunden und öffnete schließlich die untere Schublade einer Kommode. Er blies auf den Staub, dann, nachdem er die Mappe hineingelegt hatte, schloß er mit der Fußspitze die Schublade.

Er suchte weiter nach dem Kragenknopf, wählte eine Krawatte und kleidete sich an.

Draußen war es schön. Sehr schön. Julien wußte wirklich nicht, wohin er seine Schritte lenken sollte. Er jagte ein Ziel vor sich her.

Die Lichter, sanft wie Gewohnheiten, geben ihm Zeichen. Die Plakate strecken ihm weiße Arme und mehr als vollkommene Brüste entgegen. Ein warmes Rumoren schleicht durch die Straßen. Lachen erschallt an den Kreuzungen. Widerstehen? Wozu! Schriftsteller wird man, wenn man ausgeht. Draußen lernt man besser schreiben. Und der tückische Regen, den man nicht hört, fällt mit endgültiger Gewißheit. Er wird nie mehr aufhören. Die Kälte verbirgt sich an den Straßenecken, an der Mündung eines Boulevards.

15. Kapitel

Adele, legen Sie mir ein weißes Hemd bereit und nehmen Sie meinen Frack heraus!

Seit Mittag hat Julien beschlossen, sich am gleichen Abend »in den Frack zu werfen«. Er wußte noch nicht, wo er dinieren oder soupieren, was er sich ansehen würde, aber der Gedanke, daß er eine weiße Krawatte binden, den schwarzen Frack anlegen würde, war ihm ein Hochgenuß. Und jetzt bereitet er sich langsam auf diese feierliche Handlung vor, die ihm so oft zur Qual geworden war. Er rasiert sich sorgfältig, glättet langsam seine Haare, eine Strähne nach der andern, dann hebt er die Arme wie ein Priester und läßt sein Hemd herabgleiten. Heute abend liebt er diese Wäschedusche. Er reckt den Hals, um den Kragen zuzuknöpfen und die berühmte Krawatte zu binden. Sie ist tadellos.

Er ist bereit. Zwei bis drei Minuten lang bewundert er sich vor einem Spiegel. Er drückt den Zylinder ins Gesicht, nimmt ihn wieder ab, als wolle er jemanden grüßen, aber plötzlich bleibt sein Arm unbeweglich, und er stellt sich die Frage: »Wo werde ich zu Abend essen?« Er gewinnt seine Fassung zurück: »Ganz gleich, wo.« Heute wird er ausnahmsweise, ganz ausnahmsweise, eine Nelke für sein Knopfloch kaufen. Selbstverständlich eine weiße Nelke.

Er geht hinaus und eilt zur Blumenhändlerin. Er wählt die schönste Nelke. Sie ist ein wenig groß, ein wenig übertrieben groß und von zweifelhaftem Geschmack. Heute ist ein Ausnahmetag. Er streift seine Handschuhe über und geht.

Es ist kühl, aber schön. Er geht geradeaus. Die Straßenlaternen verbreiten ein gelbes, sanftes, zärtliches Licht. Frauen drehen sich nach ihm um. Er geht, ohne zu sehen, daß er die Stadtgrenze überschritten hat. Ein langer Boulevard liegt vor ihm, und das Licht ist hier dunkler, sanfter. Während in der Ferne Geräusche laut werden und grollen, lauscht Julien seinem eigenen Echo. Er wartet ohne Ungeduld auf den Befehl seines Schicksals. Er wartet, wie man auf die Trunkenheit oder auf den Schlaf wartet, mit ein wenig Sehnsucht, ein wenig Melancholie.

Er denkt an die zum Tode Verurteilten, die die Augenbinde zurückweisen, die man ihnen aus Barmherzigkeit anbietet. Das Schicksal, sein eigenes Schicksal, welche Maske trägt sein Gesicht? Langsamen Schrittes will er ihm folgen, wie einer unbekannten Frau, die ein Abend, eine Nacht, eine Woche oder ein Leben sein wird.

Er ist da, umgeben von Schatten, von der Nacht, der Kühle, dem schwarzen Himmel. Dies alles, Beweis seines Lebens, bläht sich und treibt ihn vorwärts. Ein Schritt, eine Sekunde. Er braucht sich nicht umzuwenden und rückwärts zu blicken. Die Vergangenheit ist außer Kraft gesetzt, und nichts bleibt, was war. Eine einzige simple, ganz simple Minute, die man leben muß, und schon ist sie dahin. Juliens Fuß hat an einen Stein gestoßen. Er hebt den Kopf, ohne seinen Weg zu erkennen. Gartenhäuser, von Bäumen umgeben, lange, finstere Alleen. Er glaubt, sich geirrt zu haben, führt sogleich die Bewegung des Gedankens aus und macht kehrt. Er verlangsamt den Schritt wie einer, der fürchtet, zu früh zu kommen und der erste zu sein. Er versucht, sich zu zerstreuen, um geduldiger zu sein. Er ist stehengeblieben, um die Arbeiten an einer Straßenbahnlinie zu betrachten, und jetzt entziffert er ein Wahlplakat. Er nimmt seinen Weg wieder auf. Eins, zwei, eins, zwei. Seine Gedanken gehen rückwärts voran.

Vielleicht ist nichts mehr zu machen, nichts mehr, was sich

lohnt. Er fragt den Himmel, den Erdboden, das Licht. Er weiß nicht, aber er glaubt, daß keine Antwort kommen wird. Er gibt sich zwei Minuten für eine Antwort, noch zwei Minuten, um großzügig zu sein. Das Schweigen ist tiefer, die Nacht ist schwärzer. Lange Wolken ziehen zusammen, finsterer als die Nacht. Dort oben sieht man einen großen, beinahe blauen Fleck. Tropfen beginnen zu fallen, Siruptropfen. Sie zeichnen eine hübsche Spitze auf den Asphalt.

Vielleicht sind es zwei, wahrscheinlich drei Stunden, seit Julien unterwegs ist. Er hat keinen Hunger, er ist nicht müde. Seine Füße brennen ein wenig wegen seiner Lackschuhe. Das bestimmt ihn, sich zu setzen.

Er wartet, vielleicht auf das Ende des Regens, vielleicht auf eine Idee. Er wartet lange, etwa zwei Stunden. Er bedauert nichts. Der Regen hat aufgehört, dann fängt sein Geriesel von neuem an. Die Stunden fallen. Schon leuchtet in der Ferne eine kleine Bar auf. Ihm ist, als höre er Musik. Schatten gehen und kommen, in Nebel gehüllt.

Eine Straßenlaterne erlischt, dann eine andere. Augenlider fallen zu. Die Kälte, die sich versteckt hatte, wickelt sich in das gelbe Licht. Noch sieht keiner den schwarz gekleideten Mann. Kaum erkennt man seinen leuchtenden Blick. Eine Hand legt sich auf Juliens Schulter. Es ist ein radelnder Polizist, der ihn aufrüttelt. Er hält ihn für einen Betrunkenen. Er schüttelt ihn. Julien merkt nichts. Man fragt ihn, wo er wohnt. Er weiß es nicht mehr. Man durchsucht die Taschen seines Fracks und findet nichts als ein wenig Geld.

– Wo wohnen Sie, Herrgott nochmal?

Julien ist stumm. Etwas in seiner Brust oder in seinem Gehirn steht still. Er blickt vor sich hin und sieht so viele Dinge, daß er davon wie geblendet ist. In seinen Ohren braust es.

Er wird aufs Polizeirevier geführt. Man weist ihm einen Platz auf einer Eckbank an.

Julien betrachtet diesen kleinen dunklen Raum, wo der aufgehende Tag allmählich alle Verordnungen sichtbar macht und die großen Anschläge erleuchtet. Unter der Tür pfeift leise der Wind.

Von Zeit zu Zeit kommt ein Polizist, um nach dem »Mann« zu sehen und ihm einige Fragen zu stellen, die ohne Antwort bleiben. Julien brummt oder sagt: »Ich weiß nicht.« Er hört den Polizisten rufen: »Er ist immer noch betrunken!« Der Tag steigt bis zur Decke, und man erkennt jetzt große Feuchtigkeitsflecken. Noch ein wenig mehr Licht, und man sieht Fingerspuren, das abgenutzte Parkett und hinter dem Fenster eine lange Mauer, auf der geschrieben steht: »Anschläge verbo...«

Julien wartet weiter. Er fühlt sich geduldig. Es ist hier gar nicht so übel. Er findet Zerstreuung. Ein anderes Dekor: nicht mehr sein Zimmer, immer dasselbe Zimmer. Eine Art von Wohlgefühl hüllt ihn ein. Glückseligkeit.

Als der Polizeikommissar kommt, beginnen die Fragen von neuem. Schließlich fällt jemandem ein, die Taschen des Fracks umzukehren, und da wird Juliens Identität entdeckt. Der Kommissar ruft seine Mutter an. Julien wundert sich, in dem Blick des Beamten so etwas wie Mitleid zu lesen. Noch nie war er so ruhig, so geduldig.

Behutsam wird er hinausgeführt. Ein Taxi wartet vor der Tür. Eine barhäuptige Frau, die auf den Markt geht, sieht diesen großen Mann im Frack um acht Uhr morgens, beschimpft ihn und fügt hinzu: »Wenn sowas nicht ein Unglück ist!«

Und wieder ist er zu Hause. Man hilft ihm beim Ausziehen. Er ist müde, sehr müde. Er schläft ein.

Und jetzt heißt es von Julien: »Er ist krank. Er braucht Ruhe. Er hat sich überarbeitet. Das Leben in Paris ist nichts für ihn. Er ist wieder ganz gesund, nur...«

Julien ist allein in einem großen, weiß gekalkten Zimmer. Durch die Vorhänge blickt man auf einen so stillen Garten, daß man glauben könnte, er sei eingeschneit. Kein Vogel singt. Von Zeit zu Zeit geht ein großes Rauschen durch einen Baum. Der Wind ist verweht, und wieder breitet sich Stille aus. Man hat alle Spiegel aus seiner Umgebung entfernt. Er öffnet das Fenster, und plötzlich bricht eine Feuersbrunst aus. Hohe gelbe und blaue Flammen; dann steigt, sich windend und wirbelnd, dicker Rauch empor. Brennt Paris mit allen seinen Fahnen und Standarten? Man hört durch die Flammen lautes Blasen von Hörnern, lustiges Blasen, immer lustiger. Die Feuersbrunst ist ein großes Fest. »Die schönste Feuersbrunst des Jahrhunderts.« Julien schließt das Fenster, wendet den Kopf. Auf der Wand breiten sich riesige Blutflecken aus, groß wie die Verzweiflung. Rote Linien sickern herunter, von einem Tropfen geführt, einem dicken Tropfen, der aussieht wie ein Insekt. Tränen aus Blut.

Julien schließt die Augen. Hinter dieser Wand sieht er nichts als eine dürre, weißglühende Ebene. Darin bleichen Haufen von Gras und Staub. Eine riesige, erbarmungslose Sonne sticht mit doppelt heftigen Stichen, als wolle sie den Horizont einebnen. Julien sieht in die Landschaft hinein, so weit er nur kann, aber da ist nichts. Nichts als die gleiche Ebene, die gleiche Dürre und diese verbrannten Gras- und Erdhaufen, die sich in Staub verwandeln. Bald wird nichts weiter sein als Nebel, zuerst ein leichter, dann blauer, dann dichter und grauer Nebel, und er, Julien, wird wie ein Blinder sein, der die Augen weit aufreißt und doch nichts sieht. Schon steigt der Nebel von allen Seiten empor. Julien beginnt, die Augen zu öffnen. Und dieser weiße Punkt, der steigt und fällt, ist zweifellos viel näher, als Julien sich vorgestellt hat. Es sieht aus, als zittere er.

Er zielt mit aller Kraft.

Er wird nicht treffen.

Feuer!